고백

고백

박성원 소설집

H

현대문학

차 례

고
백

사이비 예술은 선전을 통해서 사람들에게 억지로 파고들어간다.

—한스 제들마이어

우리는 화장실에서 만났어. 정말이지 더럽고 지저분한 곳이었지. 남자 화장실과 여자 화장실이 분리되어 있지만 출입구는 하나였어. 내가 소변을 본 다음 손을 씻고 있는데 한 여자가 비틀거리며 여자 화장실에서 나오더군. 나는 기분 좋게 취해 있었어. 문밖에선 윌리스 컬렉션의 「Daydream」이 흘러나오고 있었고 말이야. 한 시간 전에 신청했던 노랜데, 지금에서야 나오다니, 빌어먹을.

여자가 나를 보더니 피식 웃었어. 눈은 흐릿하게 뜬 채 말이야. 앞머리가 흘러내려 얼굴의 반을 가리고 있었어. 여자는 내 옆으로 오더니 엉덩이로 나를 살짝 밀었어. 그러고는 비누를 집어 손을 천천히 씻었어. 거울을 빤히 쳐다보면서.

그러니까 우리가 처음 만난 곳은 화장실이었어. 지저분한 곳이지.

—죄송해요.

여자가 손을 씻으며 말했어. 배수구 밑으로 빠져나가는 물소리가 시원하게 들렸어. 여자에게선 향수와 함께 찌든 담배 냄새가 풍겼어. 내가 좋아하는 조합이야. 향수 냄새만 난다면 그건 조심해야 해. 뭔가 숨기는 게 많다는 말이거든.

맹수는 똥에도 자신의 체취를 남기지. 맹수의 냄새 단 한 가지만 말이야. 사슴 따위는 얼씬도 하지 못해. 나약한 것들만이 여러 냄새를 섞어 위장해. 사람도 마찬가지야. 시장에서 이것저것 사서 덕지덕지 감싸봐야 소용없어. 프라다 가방 하나면 모든 걸 말해주거든. 난 두 가지 냄새가 섞여 있을 때 안심을 해. 그건 나약하다는 표시기 때문이야. 난 나약한 사람들을 사랑해. 나약한 사람들 대부분은 상처투성이야. 나 또한 상처가 많아. 상처 많은 사람들끼리 싸워봐야 무슨 소용이 있겠어? 그러니 내가 좋아하는 것은 여러 냄새가 뒤섞인 조합이야.

　나는 여자에게 뭔가를 이야기하고 싶었어. 그러나 나는 아무 말도 하지 못했어. 천천히 손 씻고 있는 여자를 멀뚱히 바라볼 뿐이었지. 여자와 나 사이에는 아무런 일도 일어나지 않았어. 물론 내 마음 한구석에서는 여자와 뭔가 인연의 끈을 잡고 싶은 마음이 일었지만 그러나 내 입술은 조금도 움직이지 않았어. 화장실에서 만난 여자와 이야기를 주고받는 일은 소설에서나 가능한 일이야. 불행히도 난 소설가지 소설 속의 등장인물이 아니야. 참으로 서러운 일이 아닐 수 없어.

　여자는 한동안 손을 씻더니 알 수 없는 미소를 지었어.

　―열렸어요.

　여자가 말했어.

　―네?

　―바지 지퍼요.

　나는 바지를 내려다봤어. 여자의 말처럼 지퍼가 열려 있더군. 내가 지퍼를 채우는 사이 여자는 여러 냄새를 남기며 화장실을 떠났어. 나는 그녀의 피부가 닿았던 비누로 손을 닦았어. 손을 씻고 있으니 손에 묻은 이물질이 씻겨 나가듯 그녀에 대한 생각이 순식간에 사라지더군. 그녀의 생김새마저 제대로 기억나지 않았으니까

고백

말이야.

술자리로 돌아가 그녀가 어디에 앉아 있나 찾아봤지만 찾을 수 없었어. 쉽게 찾거나 나중에 다시 만난다면 그건 어디까지나 소설이야. 현실에선 거의 불가능한 일이지.

다시 술자리에 앉으니 J가 묻더군. 자신의 소설을 어떻게 고치면 좋을지 하고 말이야. 나는 가방 안에 들어 있던 J의 소설을 꺼냈어. 소설의 출발은 주인공이 '우주전쟁 전우연합'이라는 단체를 취재하기 위해 길을 나서는 이야기였어.

—소설 출발이 심심해. 이렇게 출발 부분을 덧붙이는 건 어떨까?

나는 볼펜을 찾아 J의 원고 여백에 몇 문장을 썼어.

믿을지 모르겠지만 한때 재즈의 시대가 있었다. 재즈의 경쾌한 스윙 리듬이 공기 속에서 빨려들듯 지금은 사라졌지만 정말로 재즈의 시대가 있었던 것이다.

'미들 오프 프린세스'의 재즈 기타리스트였던 개리 알마힘은 공연을 마친 뒤 '재즈는 끝이다. 이제 소음의 시대가 올 것이다'라고 선언하며 공연장을 떠났다. 1941년, 유타 주에 있는 벨빈 공연장이었고, 알마힘의 선언 이틀 뒤 2차 대전이 일어났다.

일본의 전투기 제로기가 엄청난 소음을 일으키며 진주만을 기습 공격했을 때 어쩌면 개리 알마힘의 선언은 실현되었는지도 모른다. 징집되었던 알마힘은 이륙하는 비행기의 엔진 소리를 들으며 저것은 재즈다, 라고 외쳤다. 알마힘의 최후는 우리 모두가 아는 것처럼 하와이에 있는 정신병원이었다.

믿을지 모르겠지만 그날 나는 '우주전쟁 전우연합'을 취재하기 위해 길을 나섰다. 취재하러 가는 길에 나는 노이즈 차단 기능이 강화된 로지텍의 사운드 캣 이어폰을 통해 쳇 베이커의 27년 뉴욕 공연 앨범을 들었다.

주변 소음을 완벽하게 차단할 수 있습니다.

포장지 안에 있는 광고에는 그렇게 적혀 있었다. 믿지 않겠지만 한때 정말로 재즈의 시대가 있었던 것이다.

내가 새로 삽입한 소설의 앞부분을 J가 읽더니 피식 웃었어.

―알아, 알아. 술 마시면서 소설 고쳐봐야 거기서 거기지. 하지만 화장실에서 새로 쓸 소설의 첫 문장을 떠올렸어.

J는 안주 하나와 사케 한 병을 더 주문했어.

―우리는 화장실에서 만났다. 정말이지 더럽고 지저분한 곳이었어. 어때?

—좋아.

—정말?

—응, 정말.

난 비겁하게 집 안 따위에 숨어 있지 않을 거야. 이 말은 내 청춘의 모토였어. 그 무렵 '젖 나오는 남자'와 지독하게도 여행을 다녔었지. '젖 나오는 남자'는, 믿을지 모르겠지만, 말 그대로 남자인데도 젖꼭지에 이슬처럼 젖이 맺히는 내 친구야. 그 친구는 중학교 때부터 본드와 가스를 들이켰대. 흡입량이 나날이 왕성해지더니 고등학교 때는 대마초와 엑스터시를 그리고 스무 살이 넘어서부터는 화학 공식으로 만들 수 있는 모든 약물과 약품을 흡입했대. 결국엔 작은 젖꼭지에서 말간 젖이 맺혔어. 병원에 가봤느냐고 물었더니, 꼴에 그래도 가봤대. 약물중독으로 중추신경계가 많이 손상되어서 그렇다는데, 친구는 운명처럼 받아들이더군.

친구와 난 보름 일하고 보름 동안 여행을 했어. 목적은 오로지 하나였어. 여자들과 자기.

여자들끼리 술을 마시고 있으면 나는 늘 다가갔어. 그러곤 다정한 표정으로 인사를 건넸어.

—안녕하세요.

—네, 안녕하세요.

—저기, 제 친군데, 저기 저쪽에.

내가 친구를 가리키면 친구는 양주를 보이며 손을 흔들지.

—그런데요?

—저기……, 저 친구 젖꼭지에서 젖이 맺히거든요. 한번 보실래
요?

—저리 꺼져.

주로 그런 여행이었어. 우리가 보여줄 건 그것밖에 없었거든. 물
론 나는 아주 많은 소설책을 읽었어. 하지만 만나는 여자들마다 읽
은 책이 없으니 더 이상 대화를 나눌 수가 없었어.

달리 보여줄 건 없고 말이야. 한 2, 3년을 그런 식으로 여행을 다
녔어. 전국에 있는 유흥가와 관광지를 중심으로 말이지.

2, 3년 동안 여자와 잘 기회는 정말이지 딱 한 번 있었어. 경주에
있는 보문관광단지였고, 만났을 때부터 이미 만취한 여자였어. 나
는 친구를 남겨두고 여자를 데리고 여관으로 갔어. 여자는 방으로
들어가자마자 토하더군. 방바닥이고 욕실 문 앞이고, 내 바지 위와
깨끗한 침대 시트 위에도 말이야. 정말이지 그렇게 토하는 여자는
처음이었어. 도대체 뭘 그토록 많이 먹었는지 궁금해지더군.

—자, 자. 옷 더러워지니까 옷을 벗고 자야지. 착하지.

나는 여자의 옷을 하나씩 벗겼어. 수건으로 닦아가며 말이야. 악

취가 진동하더군. 숨쉬기가 어려울 정도가 아니라 뇌가 얼얼할 정도였어. 구토에 젖은 수건의 무게가 마치 역기 같았어. 결국 여자는 내 작은 성기 위에도 망할 것들을 엄청 쏟아댔어. 토한 내용물 때문에 비집고 들어갈 틈도 보이지 않았어. 그래도 난 노력했어. 여자는 흔들릴 때마다 어김없이 토했고. 정말이지 그렇게 딱 한 번이었어.

여행은 종결되었어. 될 수밖에 없었어. 친구는 양줏값이 너무 비싼 게 패착의 원인이라고 말했어.

─우리 당분간 떨어져 지내자.

아마 강가였던 것 같아. 우린 집으로 돌아갈 차비도 없었어. 어디선가 고기를 구워 먹는지 강바람을 타고 냄새가 풍기고 있었어. 깔깔거리는 웃음소리도 함께 들렸던 것 같아.

─그리고 우리 5년 후에 다시 만나자.

친구와 난 가벼운 악수를 나누었어. 그러곤 시원하게 헤어졌어. 친구는 여자들에게 좆이 맺히는 모습을 결국 보여주지 못했어.

1969년 한 해에 미국 여성들이 핫팬츠 구입에 쓴 돈만 100만 달러가 넘었대. 1969년은 그런 해이고 그 기운을 받아 나는 태어났어. 인류가 달을 밟았고 한쪽에선 반전과 평화를 노래하고 있었지.

친구와 헤어진 뒤, 다시 만날 5년 동안 무얼 할까 고민을 했어.

틈틈이 아르바이트를 하고 책을 읽었지만 하루에 라면 하나 끓여 먹기에도 빠듯하더군. 뭔가 목돈이 필요해. 그래서 연구하기 시작한 것이 경마였어. 나는 다른 사람들처럼 운 따위를 믿지도 않았고 또 엉터리 연구를 하고 싶진 않았어. 나는 과학적인 접근을 하기로 마음먹었어. 진짜 몇 년 동안 나는 집 안에 틀어박혀 경마만 연구했어. 집 안 따위에 숨지 않을 거라는 내 모토는 온데간데없이 말이야.

내 경마 연구는 체계적이었어. 우선 나는 말의 혈통에 대한 공부를 했지. 도시지Dosage 이론, 근친 번식 계보와 이계 번식 이론, 기적의 혈량血量 등을. 다음엔 경마에 출전하는 모든 말과 기수 그리고 관리사에 대한 정보를 정리했어. 그런 다음 승률을 계산했지. 그런데 내 예상과는 달리 쉽지 않았어. 가령 영국 종마의 혈통을 이어받은 '기적의 역전승'은 같은 관리사에게 관리를 받았어도 매번 승률이 다른 거야. 기수가 똑같아도 말이지. 그래서 날씨와 연관 있지 않을까 고민을 해봤어. 맞더군. '기적의 역전승'의 경우 섭씨 19도, 구름이 많은 날 승률이 높았어. 그런 식으로 모든 말에 대입을 했어. 연구할 양이 가면 갈수록 많아졌어. 그래도 나는 굴하지 않고 끊임없이 연구했어. 돈을 많이 벌었냐고?

아니. 아주 큰 문제가 있더군. 말 한 마리에 대한 종합적 고찰을 하려면 적어도 몇 년이 있어야만 했어. 왜냐하면 통계를 내야 하니까. 한 치의 오차도 없는 확률을 위해서. 연구물이 완성되었을 때 이미 말은 늙어버려. 은퇴를 한 놈도 있고 심지어 나이 들어 죽은 놈도 있더군. 처음부터 돼먹지 않은 일이었어. 그러니까 도화지라는 평면 속에 자꾸만 입체를 그리려는 헛된 공부였어. 내가 내린 결론은 단 한 가지였어. 그저 운일 뿐이군.

그리고 그 운은 아주 지독해서 매우 복잡하다는 거지.

어쨌든 난 경마 연구를 버렸어. 버리고 나니 예전에 동거하던 여자와 다퉜던 기억이 떠오르더군. '젖 나오는 남자'와 여행을 하기 전에 난 함께 그림 공부를 하던 여자와 동거 중이었어. 그 여자는 무척이나 바빴어. 전통적인 회화에서 추상으로 갈아타기도 바빴고 말이야. 나중엔 몹쓸 인디밴드의 리드보컬에게 도망갔지. 리드보컬에게 도망친 이유가 나에게 있다고 그녀는 우겼어.

어떤 일이 있었냐 하면, 그녀와 동거할 때였어. 그녀는 작업을 한답시고 보름 이상 집에 들어오질 않았어. 그녀가 보고 싶었지만 작업을 마칠 때까지 단 한 번도 오질 않았어. 전화를 하면 내가 방해만 된대. 그녀가 며칠 동안 작업실에 처박혀 있는 동안 나 또한 방에서 끙끙거렸지. 어느 하루, 술집에서 어떤 여자를 만났는데 하룻밤을 함께 보내게 되었어. 작업실에서 나오질 않던 그녀가 하필

이면 그때 들이닥치더군.

　—그래, 세상엔 너처럼 미친 화가도 필요하겠지.

　그녀는 닥치는 대로 물건들을 집어 던졌어.

　—내 침대에서 어떻게 다른 여자와 그 짓을 할 수가 있어?

　그녀가 울부짖었어. 난 솔직하게 말했어.

　—이봐, 난 분명 네 생각을 하면서 했단 말이야.

　그건 사실이야. 난 낯선 여자와 정사를 가지면서 분명 동거하던 여자를 생각했어. 이 여자는 그녀다, 이 여자는 그녀다, 라고 수없이 생각했으니까 말이야. 우리처럼 그림을 그리는 사람들은 한 번 보았던 인상을 놓치지 않기 위해 캔버스 앞에서 항상 떠올리거든. 이것은 그때 본 대상이다, 하고 말이야.

　하지만 그녀는 계속해서 울었어. 하룻밤을 보낸 여자는 주섬주섬 자신의 옷가지를 챙겨 입고는 나갔어. 그때 문득 이런 생각이 들더군. 캔버스라는 평면 안에 어떻게 입체를 집어넣을 수 있을까, 라는 생각 말이야. 제아무리 심도 있는 원근법을 넣더라도 그건 그냥 착시가 아닐까 하는 생각. 일테면 꿈속에서 본 무의식의 그림을 그려놓고 논리적으로 설명하는 초현실주의 화가와 같은. 그림은 근본적으로 불가능한 일을 자꾸만 시도하는 일이지.

　—이봐, 난 아무리 생각해도 그림은 그만둬야 할 것 같아.

내가 말하자 그녀는 내 속옷을 집어 던지며 말했어.

―그래, 어서 꺼져.

비참했어. 평면 안에 입체를 넣을 수 없다는 사실도, 그것도 모르고 매달린 사실도.

그러니까 입체는, 비싼 유럽 화가들의 그림을 전시한 전시관일 뿐이야. 우상 숭배만이 가득한. 그녀는 나의 야성을 사랑한다고 말하곤 했었지. 생각해보면 그녀는 그것마저도 사랑하지 않았던 것 같아.

5년이라는 시간이 지나지 않았지만 어쩔 수 없이 난 '젖 나오는 남자'를 불러낼 수밖에 없었어. 우리가 헤어졌던 호수가 바라보이는 공원이었어.

―알아, 알아. 평면 속에 입체를 구현하는 방법은 3D 기술밖에 없어. 그러게 진즉에 이공 계열을 공부하라니까.

나를 위로하면서 친구는 말을 이었어.

―난 그동안 레슬링을 배웠다.

―레슬링?

―그래. 프로레슬링 같은 가짜가 아닌 진짜 레슬링을.

땀에 젖은 채 뒤엉켜 있는 친구를 상상했어. 하지만 상상이 잘 안 되더군. 진짜 레슬링이라니. 세상에 진짜가 어디 있어?

─레슬링을 하면서 내가 깨우친 게 뭔지 알아? 둘이 부둥켜안고 있지만 결국 혼자라는 거지. 미끄러지는 땀 속에서 말이야.

무뚝뚝하기가 소나무 같은 나의 친구는 한동안 나를 빤히 쳐다 보았어. 어떤 고백을 요구라도 하듯이 말이야. 그런 친구를 보고 있자니 예전에 학창 시절이 떠올랐어. 나는 가톨릭 재단이 운영하는 중·고등학교를 나왔어. 가정 형편상 기숙사 생활을 했지. 기숙사에 있으려면 주일미사와 함께 한 달에 한 번씩 고해성사를 봐야 했는데 그것이 내게는 가장 힘든 일이었어. 나는 주일미사 참석은 커녕 몇 개월 동안 고해성사를 보지 않았어. 그러던 10월의 어느 날이었어. 학교에 있던 신부님이 나를 불렀어. 고해성사를 왜 보지 않았느냐고 묻더군. 긴 침묵의 시간이 흘렀어. 나는 어떻게 말을 해야 할지 몰라 그저 고개만 숙이고 있었지. 그 방에는 십자가를 비롯해서 나무로 만든 여러 가지 성물들이 가득했는데, 나무에서 풍기는 무거운 냄새가 내 코를 짓누르고 있었어. 내가 가장 좋아하는 것은 10월의 아침 공기인데, 그날따라 얼마나 무거운지 머리를 들 수조차 없었어.

─고해성사를 본 지 다섯 달이 넘었습니다.

나는 천천히 말을 꺼냈어. 죄를 고백했다기보다 그동안 고해성사를 왜 보지 못했는지에 대한 변명이었어. 매우 긴 이야기였지만 요약하자면 이런 이야기야.

아버지는 언제나 어머니와 저를 학대했습니다. 기억에 있는 것이라곤 방바닥에 떨어져 있는 어머니의 머리카락과 핏방울들, 무서움 때문에 연필을 부러뜨리고 또 부러뜨리고 있는 내 손, 어린시절의 기억은 그런 기억들뿐입니다. 초등학교 6학년 때였습니다. 학교를 마치고 돌아오니 어머니는 아버지가 죽었다고 하셨습니다. 술에 취해 자살을 했다고 했습니다. 부검 결과 엄청난 양의 알코올이 검출된 것 말고는 별다른 이상은 없었습니다. 시신에 염을 마친날 어머니는 아버지 시신에 나를 데리고 갔습니다. 이게 네 아비다.

어머니는 관보다도 더 무겁게 말씀하셨습니다. 어머니는 나를남겨두고 나간 다음 밖에서 문을 잠갔습니다. 저는 밤새 아버지의 시신과 함께 있었습니다. 무서웠습니다. 어둠 속에서 하얗게 빛나고 있는 아버지의 모습이 무서웠고 또 그런 아버지가 금방이라도일어나 저를 향해 걸어올 것 같아 더 무서웠습니다. 연필을 찾았지만 연필은 그 어디에도 없었습니다. 부러뜨릴 연필도 없는 나는 숨을 쉬기도 힘들었습니다. 내 성기에선 저절로 오줌이 흘러내렸습니다. 흘러내리는 오줌과 또 오줌이 앗아간 체온 때문에 저는 엄청나게 떨었습니다.

어머니는 왜 나를 밤새 아버지 시신 곁에 둔 채 밖에서 문을 잠갔을까요. 그것도 장례식 마지막 날에 말입니다. 어머니는 내가 움직이지 못하는 아버지의 시신에 복수라도 하길 바랐던 걸까요.

다음 날 새벽, 어머니가 문을 열어줄 때까지 저는 그 자리에 그대로 서 있었습니다. 그 뒤로의 기억은 잘 나지 않습니다. 저는 자다, 깨다를 반복했고 드문드문 기억이 날 뿐입니다. 그 후로 점점 혼잣말을 중얼거리는 어머니를 모시고 저는 살았습니다. 몇 개월 전부터 어머니는 정신병원에 입원해 계십니다. 어머니는 환청과 환각에 시달리는데 가끔은 헛소리를 지껄입니다. 아버지가 술에 만취한 날 아버지의 넥타이로 아버지를 매달았다고요.

주말마다 저는 어머니를 보러 갑니다. 진실이 무엇이든 저에게 어머니는 그저 불쌍한 환자니까요. 미사를 빠지고 고해성사를 보지 못한 저를 부디 용서해주시기 바랍니다.

진한 나무 냄새 속에서 신부님은 약간 흐느껴 울었어. 빌어먹게도 나 또한 그 순간 눈물이 다 나는 거야. 내가 약간 울자 신부님은 나를 껴안았어. 나는 신부님에게 말씀드렸어. 불쌍한 어머니를 위해 기도를 해줄 수 있겠느냐고. 그리고 병자성사를 해주실 수 있겠느냐고.

신부님은 허락해주셨지. 뿐만 아니라 주말마다 외출과 외박은 물론이고 주일에 있는 모든 의무를 제해주셨지.

내 말을 묵묵히 듣고 있던 친구가 조용히 말했어.

—너의⋯⋯, 아버지 살아 계시잖아.

—응, 오늘 아침에 전화 왔었어. 생활비 떨어지지 않았느냐고.

친구는 작은 돌멩이 하나를 집더니 호수로 던졌어. 호수에 비친 노을이 근사하게 부서졌어.

—데이비드 M. 캘러웨이라는 작가가 뭐라 했는지 알아?

친구가 물었어.

—뭐라고 했는데?

—조이스에게 물어보라. 거리낌 없이 자유로운 여자는 소설가에게 멋진 선물이다.

—멋진데.

—암, 멋지지.

'젖 나오는 남자'가 내 친구이긴 해도 사실 난 그 친구에 대해 아는 게 별로 없어. 솔직히 말해 나이도 모르고 어디서 왔는지도 몰라. 순진하게 그저 그 친구의 말을 듣고 믿은 것밖에는. 젖이 진짜 나오는지 나오지 않는지도 몰라. 늘 숨어 다니기 좋아하는 친구이고 나 외에 다른 사람들 앞에서는 잘 나타나지 않는다는 것밖에는. 그가 사는 방은 지독하게 오래된 연립주택의 지하실이었어. 여름엔 덥고 습하며 모기들의 서식처였어. 겨울엔 그나마 따뜻했는데 보일러 돌아가는 소리에 귀가 멀 정도였어. 하수구와 가까워서 그 랬는지 언제나 악취가 두꺼운 솜이불처럼 방 안 한가득 들어차 있 었지.

친구는 그 더러운 방에 거북이 한 마리를 키우고 있었어. 손바닥 만 한 크기의 거북이였어. 몰랐는데 거북이들은 햇살을 좋아한다 더군. 지하방이어서 어쩔 수 없이 친구는 거북이 전용 램프를 달았 어. 거북이는 거의 하루 종일 램프를 바라보았어. 플라스틱으로 된 조잡한 어항에서 말이야. 그러나 표정만은 정말 심오했어. 마치 철 학적 문제에 깊이 빠져 있는 표정처럼 말이야. 나는 친구에게 왜 거북이를 기르는지 물어보았어. 친구가 말하더군.

—한때 사람들이 우주를 어떻게 생각했는지 알아? 거북이 위에 거북이가 있고 또 그 위에 거북이가 무한히 있는 것으로 생각했어. 움직이긴 하지만 짖지 않는 하나의 우주. 허구가 우주의 중심이 아 니라고 감히 누가 말할 수 있겠는가 말이지.

친구는 거북이를 우주 중심 허구 거북이라고 불렀고, 나는 표정 을 따라 철학 거북이라고 불렀어. 어쨌든 우리는 거북이를 좋아했 고 나는 '젖 나오는 남자'와 그날부터 동거를 시작했어. 혼자 살기 엔 방값도 부족했고 말이야.

친구는 이상한 것들을 좋아했지. 친구가 가장 심취한 것은 포르

투갈에서 유명하다는 심령 의사였어. 의사인지 아닌지 모르겠지만 어쨌든 흰 가운을 입은 그 남자는 환자들의 몸에서 맨손으로 암 덩어리를 꺼내는 것으로 유명해. 환자의 배에 손을 비비면 잠시 후 시뻘건 핏덩어리를 꺼내지. 친구의 심취해 있는 그런 모습을 보면, 뭐랄까, 현실적인 사람으로 보이진 않았어. 한쪽 벽에는 우주인들의 계통을 그려서 붙여놓았고 말이야. 안드로메다계, 시리우스계……, 같은.

보다 더 이상한 것은 그 친구는 우산을 좋아한다는 거였어. 그 친구는 여러 개의 우산을 가지고 있었는데 그중에 가장 좋아하는 우산은 약간 찢어진 우산이었어.

—난 우산을 볼 때마다 여자들의 치마가 생각나. 그래서 우산을 펼칠 때마다 여자들이 소리치지. 꺅, 이러지 마세요.

그러면서 그는 찢어진 우산을 음흉한 눈길로 바라보았어.

한 가지 근사한 것은 그가 가지고 있는 책이었어. 대략 4천 권 정도의 그리 많지 않은 책이었지만 시중에선 잘 볼 수 없는 그런 책들이었어. 그 책들 때문에 난 이상한 친구를 떠나지 않았어. 옆에서 혼자 우산을 펼치며 야한 미소를 지을 때조차 말이야.

친구의 말로는 정말 좋은 책들만 간직하고 있다고 했어. 친구의 말은 맞았어. 베스트셀러는커녕 초판도 소화되지 않은 책들이었지만 정말 좋은 소설들이었어. 한 권씩 천천히 읽고 나면 언제나 내 입에선 똑같은 말이 나왔어. 이렇게 좋은 소설들이 왜 알려지지 않은 거지? 대체 지구상의 그 많은 인구들은 어떻게 해서 이런 책들을 모르는 거지? 하고 말이야. 나는 그 책들 때문에 친구의 방에서 함께 지냈어.

친구는 나에게 소설 쓰기를 권했어. 친구는 '소설은 고백'이라고 말했지.

—너는 신부님도 울릴 수 있잖아.

난 친구의 권유대로 방에서 지내는 동안 소설을 썼어. '내가 좋아하는 것은 10월의 아침 공기다'로 시작해서 '대체 이 많은 사람들은 모두 어디로 가고 있는 걸까?'로 끝나는 소설이야. 여러분은 잘 모르겠지만 난 그 소설로 데뷔를 했어. 요즘은 시상식까지 열어주는 모양인데 내가 데뷔할 때만 하더라도 술자리에 초청받는 게 다였어. 데뷔작에 대한 문단의 평가는 호의적이지도 나쁘지도 않았어. 그 말은 그해에 겨룰 만한 문제작이 없어 운 좋게 뽑혔다는 말이지. 지지난해에는 내 첫 번째 단편집까지 출간되었어. 물론 초판은 그냥 그대로 있고 말이야. 그래도 팬레터를 딱 한 번 받기도 했어.

'기르던 햄스터가 죽어 무척 우울했는데, 그래도 선생님의 소설이 저에게 작은 도움이 되었습니다'로 시작하는 편지야. 그 뒤 내용은 별것 없어. 햄스터의 식성과 작고 검은 눈동자 그리고 줄무늬에 대한 이야기들뿐이었으니까. 오빠가 햄스터를 무척 싫어해서 어쩌면 오빠가 죽인 게 아닐까 하고 의심하는 이야기도 들어 있었어. 어쨌든 이 자리를 빌려 편지를 보내준 그분께 감사의 말을 전하고 싶어.

문단이라는 게 생각보단 복잡하더군. 내겐 마치 하나의 암호처럼 보였어. 거대하고도 복잡한 암호 말이야. 한 평론가가 술자리에서 나에게 묻더군.

―자네는 어떤 경우인가.

―무슨 말씀이신지.

―'이것은 내가 보는 것이다'라고 말하겠나 아니면 '이것이 과연 내가 보는 것인가'라고 말하겠나.

―글쎄요, 저는 눈이 나빠서…….

내가 무슨 말을 해야 할지 잘 몰라서 횡설수설하고 있을 때 누군가가 나를 도와주더군.

―이 친구는 말입니다, 과연 '내가 보긴 볼 수 있는 걸까'를 묻는 친구입니다.

―호오, 재미난 친구로군.

정작 재미난 친구는 내가 아니라 끼어들어 나를 도와준 그 사람이었어. 내가 정신을 차리고 바라보니 그 사람은 바로 소설가 박성원이었어. 진짜로 박성원을 만나려고 그랬을까, 그 며칠 전날 이런 일이 있었어.

나는 서점에 들러 이런저런 책들을 구경하고 나왔어. 여름의 공기치고는 지나치게 가벼웠고 상쾌했어. 서점 앞에 있는 분수대에서 한 여자가 책을 읽고 있더군. 그것도 소설책을 말이야. 짧은 치마가 너무 매력적이었어. 난 다가가서 말을 꺼냈지.

—박성원의 소설을 읽고 계시는군요.

여자가 고개를 들어 나를 보았어.

—제가 그 소설가를 아주 잘 알거든요. 그래서 반가워서.

—그래요?

—그럼요. 저도 소설을 쓰거든요. 막 등단해서 아직 책이 없긴 하지만.

여자의 눈이 반짝였어. 아, 상쾌한 여름날이라니.

—박성원, 그 소설가 얼마나 재미난 사람인지 알아요?

나는 여자의 옆으로 가서 조용히 앉았어. 짧은 치마가 보다 가까워졌어.

—모든 추상은 현실에서 온다. 강해지기보다는 강함을 느껴야

만 한다. 박성원이 제게 그렇게 말했지요.

—호오.

여자가 흥미를 느꼈어. 나는 여자에게 박성원에 대해 마구 지어내서 이야기를 해주었어. 내가 막 등단했을 무렵 박성원이 먼저 나를 찾아왔었다, 밤새 술을 마셨고 우리는 급속도로 친해졌었다, 언젠가 하루는 '고난의 소설 쓰기 여행'을 함께 가자고 나에게 먼저 제안을 했었다, '고난의 소설 쓰기 여행'이란 무인도를 찾아 일주일 동안 세상과 완전히 단절된 채 버티는 것이다, 문명을 버리는 일 그것이 문학이지, 라고 박성원은 말했었다, 강하기보다 강함을 느끼는 것이 그 친구의 모토였으니까 말입니다, 라고 덧붙였었다.

진짜로 우리는 며칠 뒤에 펜과 원고지만 가지고 무인도로 들어갔었다, 일주일 후에 데리러 와달라고 아는 뱃사람에게 부탁을 하고, 정말이지 통조림은커녕 물도 가지고 가지 않았었다, 나는 무서웠지만 박성원은 아무 걱정 하지 말라고 했었다, 자신은 여러 번 경험을 했었다고, 우리는 무인도에 도착하자마자 거처를 마련하고, 물을 확보하고, 생선을 잡고, 불을 지피고, 정신이 하나도 없었다, 몇 시간에 걸쳐 붙인 불이 밤새 내린 비에 꺼졌고, 엉성한 거처 때문에 첫날 밤부터 모든 게 엉망이 되었었다, 아침에 겨우 눈을 뜨니 박성원은 나를 붙잡고 아스피린이 없느냐고 물었었다, 비를 맞아 그런지 열이 나고 몸살기가 있다고, 그날부터 나는 박성원을 간호하고, 물과 음식을 구한다고 진짜 죽는 줄 알았었다.

—수시로 한다는 말이 뭔지 알아요? 어떻게 아스피린 하나 가져오지 않았냐는 말이었어요. 별로 열도 높지 않은 것 같은데, 벌벌 떨면서 말이에요. 강인함을 느껴라, 라고 중얼거리던 사람이 말이에요.

그녀는 깔깔 웃었고 우리는 인사를 나누었어. 그녀는 자신도 소설 공부를 하고 있다고 했고 그녀가 바로 J야.

어쨌거나 나는 진짜로 박성원을 만났어. 그건 정말이지 기분 좋은 일이었어. 실제로 등단하기 전에 난 박성원의 소설을 여러 번 읽었으니까 말이야. 내가 인사를 하자 박성원은 내 소설을 읽었다면서 좋은 소설이라고 말을 해주었어.

—얼마 전에 『문학과사회』에 발표한 세 번째 소설을 읽으니 등단작과 비슷한 경향을 보이더군요. 두 번째 소설은 전혀 다른 작가가 쓴 것 같았어요. 두 번째 소설을 발표한 곳이 아마 등단한 문예지였지요?

—네. 발표 기회가 적어서 너무 힘들었어요. 덕분에 공들여 쓸 시간은 많이 있었지만.

—신춘문예 출신과는 달리 문예지 출신은 원래 그래요. 다른 문

예지로 등단하면 자기 사람이 아니라고 쉽게 단정해서 지면을 잘 주지 않죠. 그러나 좋은 소설을 많이 쓰면 아마도 기회가 많아질 거예요. 너무 걱정하지 말아요.

소문대로였어. 우린 그날 제법 친해졌어. 나이도 같았으니까. 그는 그날 또래의 동료들을 많이 소개해주었어.

그날 밤 박성원은 내 방에 진짜로 왔어. 우린 '젖 나오는 남자'와 함께 술을 마셨지.

—안녕하세요, 난 연쇄살인범입니다.

내가 박성원을 데리고 가자 '젖 나오는 남자'가 인사를 하며 말했어.

—그래요? 전 FBI 요원입니다.

그러자 박성원이 대답했어. 나는 사 가지고 간 맥주를 늘어놓았어.

묘하게도 우리는 모두 거북이를 좋아했어. 박성원은 거북이를 보면서 일종의 무의식을 느낀다고 말했어. 그러나 모두 좋았던 것은 아니야. 한편으론 뜻이 맞았지만 기호랄까, 취향 같은 것은 달랐어. '젖 나오는 남자'는 그의 이력에서도 알 수 있겠지만 제멋대로이고 모든 구속으로부터 달아나려 하는 경향이 강해. 그가 좋아하는 것들도 모두 비정상적인 것들이지. 반면 박성원은 매우 이성적인 친구였어. 그는 결혼까지도 했고 말이야. 그가 좋아하는 것은 현실과 논리였어. 삶과 사회 그리고 비평이나 예술론 등 말이야.

내가 좋아하는 것은 유머와 허무 그리고 예술론이 아닌 예술이었어. 밤새 술을 마시며 이야기를 나누어도 해답은 없더군. 그건 마치 사람이 서 있을 때 하늘 위가 북극인지 아니면 남극인지 하는 문제와 같았어. 동서남북 그 어디에 있더라도 결국 중력에서 벗어나지 못하는 우리들은 무엇이 위와 아래인지 싸우는 꼴이었지. 우주에서 보면 모든 게 엉터리일 텐데도 말이야.

아무리 많은 수의 환자를 돌보아도 결코 환자가 될 수 없다는 서양 속담이 있어. 내가 그 말을 좋아하는 이유는 기찻길처럼 영원히 마주 본다는 데에 있어. 마주 봐야만 하지만 결코 벗어나거나 헤어질 수는 없어. 나는 그 같은 아이러니의 운명을 좋아해. '젖 나오는 남자'나 박성원이나 나나 우리 셋은 평행선을 달리는 기찻길이야. 그러나 결코 떨어질 수도 없지.

우리들의 논쟁은 거북이 때문에 일단락되었어. 새벽녘에 잠들었는데 오후에 일어나 보니 거북이가 죽어 있었어. 딱딱한 등껍질만 남긴 채 말이야. 우주라고 불렀고, 철학이라고 불렀고, 무의식이라고 불렀던 그 거북이가 말이야. 슬펐지만 울음은 나오지 않았어. 그냥 허망했어. 잠에서 덜 깬 우리들은 묵묵히 죽어 있는 거북이를 바라볼 뿐이었어.

우리들은 그 흔한 장례식도 치르지 못했어. 무라카미 하루키는 자신의 소설에서 배전반 장례식까지 훌륭하게 지내줬지만 말이야.

—결국……, 우리가, 인간들이 죽인 것이다. 원하지도 않는 삶을 우리들이 데려와서.

'젖 나오는 남자'인지 아니면 박성원인지 하여튼 둘 중에 한 명이 말했어.

—인간들이 죽인 게 어디 한두 가지뿐인가.

그러자 둘 중 다른 한 명이 말을 이었어.

우리들의 논쟁은 종식되었어. 그저 딱딱하게 굳어 있는 거북이 앞에서 말이야. 더러운 일상으로 돌아갈 뿐이었어. 해장할 수 있는 국밥집을 찾거나 분주히 움직이고 있는 도시인들을 구경하는 일로 말이야. 난 거리의 사람들을 보며 생각했어. 대체 저 많은 사람들은 모두 어디로 가고 있는 걸까? 하고 말이야. 정말이지.

'젖 나오는 남자'도 나와 같은 생각을 했는지, 거리를 지나가는 사람들을 보면서 이렇게 말하더군.

—어쩐 일인지 거북이를 위한 장례 행렬처럼 보이는군.

맞는 말이야, 라고 박성원이 말했어. 그래서인지 무척이나 우울한 날이었어. 맥주를 마시고 싶었지만 '문학동네'나 '민음사' 술자리도 없는 날이었고 또 '문지' 술자리도 연이틀씩 열리진 않을 테니까 말이야.

그래서 생각한 것이 J였어. 나는 그에게 J를 소개해주고 싶었어. J와 만나게 된 인연도 어떻게 보면 그 때문이었으니까. 내가 J와 술 마실 거냐고 물었더니 '젖 나오는 남자'는 그냥 집에서 우산이나 펼치겠다고 말하더군. 여자란 친해지면 피부에서 점점 지독한 본드가 나와서 구속하는 법이라고 덧붙이면서 말이야. 나는 박성원에게 물었어. 그러자 그가 되묻더군.

—예뻐?

짜식.

J와 약속을 잡고 나서 우린 음악 카페가 있는 약속 장소까지 걸었어. 장례 행렬 인파를 헤치면서 말이야.

우린 길을 걸으며 많은 이야기를 나누었어. 특히 요즘 소설들의 경향에 대해서 말이야. 리얼리즘의 급격한 퇴조에 대해서 그가 먼저 말을 꺼내더군.

—예를 들면 말이야.

그가 말한 내용은 이런 것이었어.

'대장간의 열기는 고되다. 뿜어대는 열기와 화마는 그의 이마에 닿기도 전에 울음 같은 땀방울이 되어 흘러내렸다. 대장장이는 불길이 치솟을 때마다 집게를 빨리 움직였다. 담금질을 하기 위해 찬물에 담그는 순간 짧은 노동의 여정이 잠시 식었다'라는 문장들이 있다고 하고 또 다른 문장들, '그녀는 낙태 수술을 받기 위해 다리를 벌렸다. 의사는 집게를 들어 여자의 가운데에 넣었다. 그러고는 여자의 몸 안에 있는 10주짜리 단백질을 꺼내기 위해 집게를 빨리 움직였다'라는 문장들을 내게 비교해보라고 했어. '집게를 빨리 움직였다'라는 문장이 첫 번째 문장들에서는 눈에 띄지도 않고 특별한 감정이 생기지 않는 반면 두 번째 문장들 사이에선 끔찍한 느낌과 함께 눈에 띄지 않느냐는 말이었어.

　—그러니까 똑같은 문장이라고 하더라도 그 장소에 당연히 있을 법한 곳에 사용하면 눈에 띄지 않고 익숙해지는 데에 비해 상황이 다른 장소에서 사용하면 의미나 감정마저 다르게 전달되는 법이지.

　그는 기표와 기의, 발터 베냐민의 유사와 상사에 대해서 말을 이었어.

　—언어는 대상을 재현하는 거야? 아니면 대상이 언어를 파괴하는 거야?

　그가 쉬지 않고 또 물었어. 머릿속이 복잡했어. 나는 물론 '음, 음'이라며 대답하는 척하며 들었어. 대부분 내가 잘 모르는 말이었어. 나는 머리가 아파서 J의 짧은 치마를 떠올렸어.

—이봐, 어떻게 생각해?

—응? 그건 말이지, 내 생각엔 말이야. 한때 포크의 시대가 있었던 것처럼, 모든 게 한때지, 한때.

내가 말하자 그는 '그렇지, 그렇군. 그럴 수도 있겠어'라며 고개를 끄덕였어.

우리는 J를 만나기 위해 동성로를 지나 지하에 있는 음악 카페로 갔어. 계단을 내려가는데 그의 휴대폰이 울렸어. 아마 아내와 통화를 하는 것 같더군. 나는 먼저 내려간다고 말하고는 계단을 내려왔어. J는 박성원을 만난다니까 먼저 와 있더군. 더 짧은 치마를 입고 말이야.

J와 난 안주와 술을 시켰어. 배가 고파서 훈제 닭고기를 시켰어. 맥주를 한 병씩 다 마시고 나니 J가 물었어.

—박성원은?

—응? 여기 있잖……

나는 그제야 고개를 돌려 그를 찾기 시작했어. 그러나 그는 J의 말처럼 정말 없더군.

—조금 전에 아내와 통화를 하는 것 같더니 집으로 도망간 모양이야.

—흥.

J가 콧방귀를 뀌었어. 나는 월리스 컬렉션의 「Daydream」을 신청하고는 술을 마셨어. 난 '젖 나오는 남자'에게 물었어. 이봐, 대체 저 많은 사람들은 모두 어디로 가고 있는 걸까? 라고. 그러자 박성원이 말했어. 글쎄, 하고 말이야.

더
러
운
네
인
생

삶은 습관이다. 매일 아침 세수를 하고 이를 닦아야 거리로 나설 수 있는 것처럼 삶은 지독한 습관이다.

저번에 J와 소설가 박성원을 만난 이야기를 했었다. 그때도 그랬지만 난 그때보다도 더 망가져 있었다. 문제는 망가져 있음을 알고 있으면서도 해결책을 찾지 못한다는 데 있었다.

예전과 조금 달라진 게 있다면 한 달에 한두 번 아버지를 보기 위해 요양원에 간다는 것이다. 아버지는 나를 알아보지 못한다. 의사가 말하길, 아버지는 내가 누군지 모를 뿐만 아니라 아홉 살로 되돌아갔다는 것이다. 예순아홉에서 아홉 살로. 60년을 단숨에 되돌아간 것이다. 약간의 건망증은 있었지만 순식간에 이렇게 될 줄은 몰랐었다. 큰 충격이 도화선이 되었을 거라고 의사는 덧붙였다. 아버지가 받았을 충격적인 일을 떠올렸지만 잘 그려지지 않았다. 아버지나 나나 변화 없는 삶을 살았다. 공원의 연못 아래 가라앉아 있는 돌멩이처럼. 어쩌면 아버지는 60여 년 사는 동안 변화라곤 찾아볼 수 없는 삶에서 충격을 받았을지 모른다.

의사는 아버지가 좋아할 만한 것을 가지고 방문하라고 했다. 그런 반복이 습관이 되면 나를 기억할 가능성이 아주 높아진다며. 그날은 토요일 오전이었고 조용히 비가 내리고 있었다. 창밖을 보지 않았다면 비가 오는지도 몰랐을 만큼 조용한 비였다. 의사의 최종 진단을 받기엔 너무나도 끝내주는 날씨였다.

그다음 주 화요일쯤 아버지를 요양원으로 옮겼다. 시 외곽에서 자동차로 50여 분 정도 떨어진 곳인데 종교단체와 관계가 없는 것이 마음에 들었다. 방은 '젖 나오는 남자'와 자취할 때 살았던 작은 원룸과 비슷했다. 화장실과 목욕실은 공동시설이었는데 어차피 아버지 혼자로서는 감당하기 힘든 일일 테니 상관없었다. 아버지의 옆방에는 단단하기가 소나무 같은 노인이 있었는데 두 눈을 부릅 뜨고 나와 아버지를 살폈다. 참전용사였는지 군복을 입고 있었고 나를 노려보는 데 온 힘을 다 쏟고 있었다. 내가 그곳 직원과 이야기를 나누다가 아버지의 물건 하나를 떨어뜨렸다. 나를 노려보고 있던 노인은 그제야 박수를 치며 웃었다. 내 그럴 줄 알았어. 내 그럴 줄 알았지, 라면서. 그러고는 지팡이를 잡고 자신의 방으로 들어갔다. 아버지의 앞 방에는 식사를 빨대로 하는 할머니도 있었다. 사람들은 아무것도 아닌 것에 늘 집착한다.

아버지를 옮긴 첫날 나는 담배, 술, 장난감, 도색잡지를 책상 위에 놓았다. 아버지는 그것들 중에서 장난감을 집었다. 술병을 흔들었지만 아버지는 꿈쩍도 하지 않았다. 그래서 갈 때마다 장난감을 가지고 갔다. 처음엔 새로운 장난감을 사 갔지만 그것도 생각보단 돈이 꽤 많이 들었다. 그래서 아버지를 보고 나오는 길에 이전에 가지고 갔던 장난감을 들고 나와 다음 방문 때 가지고 갔다. 나를 알아보진 못했지만 장난감은 기다렸다. 자전거를 타면서 한 손으로 넥타이를 멋지게 맬 줄 알던 아버지였는데.

사진은 시간을 조각낸다. 아버지의 집을 정리하면서 한 묶음의 사진을 찾았다. 사진들은 책꽂이에 있었는데, 크기도 제각각이었고 순서도 없었다. 아버지의 젊은 시절 사진이 있었고 그다음에는 내 사진 그리고 다음에는 어머니와 함께 찍은 10여 년 전 여행 사진이 있었다. 그런 사진들을 한꺼번에 보고 있으니 조각난 시간만이 뒤엉켜 있는 것 같았다. 하긴 60년을 서너 달 사이에 되돌아갈 수도 있으니.

더러운 네 인생

내가 어릴 때 사진도 있었는데, 아마 초등학교 운동회 때 사진인 것 같았다. 다저스 모자를 손에 쥐고 뛰고 있었는데 절박한 것은 길게 드리워진 내 그림자뿐이었다. 바보 같은 얼굴. 절박한 그림자. 그때나 지금이나 돌멩이 같은 삶을 살고 있다는 공통점밖에 없다.

이상한 것은 어린 여자아이 사진이 여러 장 있다는 것이었다. 아버지와 찍은 것도 있었고 크리스마스 장식 모자를 쓴 채 혼자 찍은 것도 있었다.

J는 잘 보지 못했다. 가끔 다른 작가들의 시상식 뒤풀이에서 박성원을 만나긴 했다. 난 몸이 약해져서 금방 술에 취했다. 술 때문에 넘어지고, 엎어지고, 안면 마비가 온 것처럼 어눌했다. 초청받지 못한 파티는 언제나 피곤하다. 사람들과 대화하는 것도 힘들었다. 바에 앉아 혼자 술을 마시는 게 나았다. 술집에선 늘 댄스 가요만 나왔는데 구토가 치밀어 올랐다.

─신곡요. (저 노래 한 곡 신청하려 하는데요.)

─네?

─신곡. 모라요? (신청곡이란 말 모르세요?)

─신청곡 말씀이세요?

─아, 요오, 신곡. 실비…… 바르이써요? (네, 노래 신청하려 하

는데 혹시 실비아 바르텡 있을까요?)

—누구요? 저흰 최신 가요밖에 없는데요.

—퍽 더 아이돌. 퍽 더 시스템. 퍽 유, 너도 퍽, 나도 퍽. (아, 그렇군요. 잘 알겠습니다.)

박성원이 그래도 의리를 지킨다고 가끔 나에게 여자를 소개시켜주기도 했다.

—이쪽이 내가 말한 그 소설가야.

—안여엉, 예뿐이. (처음 뵙겠습니다. 참 호감 가게 생기셨네요.)

술병을 들고 내가 인사한다. 그러면 여자는 말한다.

—어머, 장애인인 줄 알았어요.

—퍽 유, 퍽. (아닙니다. 제가 술에 취해서요.)

내 삶은 습관처럼 늘 똑같다. 나보다도 신용카드 내역이 더 많은 사연을 가지고 있을 정도였다. 한번은 이런 일도 있었다.

여자 이름은 K였다. 그녀는 내 단골 술집에서 박성원과 술을 마시고 있었다. 보자마자 난 엄청 몸이 달았다. 내가 얼마나 멋진 남자인지를 꼭 알리고 싶었고 무슨 일이 있어도 그녈 가지고 싶었다. K와 헤어지고 박성원은 K가 마치 독일 여자 같다며 별로라고 말했지만(사실 골격이 남자처럼 크고 굵긴 했다) 그건 몰라서 하는 말이다. 글쎄, 넌 힘들 텐데. 박성원은 걱정해주는 척했지만 나는 잘 알고 있다. 그건 나에게 주기 아깝기 때문일 거라고. 그러나 박성원은 계속 글쎄, 라며 머뭇거렸다. 자식. 욕심은 많아가지고.

어쨌거나 난 K와 단둘이 자주 술자리를 가졌다. 주로 우리가 처음 만난 삼덕동의 단골 술집이었다. 그녀는 내가 신청하는 음악과 내가 내뱉는 말 모두를 좋아하는 눈치였다. 심지어 내가 내뿜는 담배 연기조차도.

—세상은 저희 생각보다 더 단단합니다. 그래서 관념으로 돌아가려는 건지도 모르죠. 들뢰즈는 사고가 아닌 사건을 끌어들여 한 가지 사실에 서로 다른 의미를 보여주려 했지만요.

내가 말하면 그녀는 늘 경청했다.

—아, 네.

—들뢰즈 아시죠?

—네? 아뇨.

—라캉 식으로 말하자면 이때 관념이란 욕망인 셈이고 요구와 욕구 사이의 간극인 거죠.

—아, 라캉요.

—사람들은 자신의 예속을 위해 싸우죠. 한마디로 미친 짓이죠.

—그러게요.

다섯 번째 만났을 때 나는 고백했다. 내가 얼마나 사랑하는지를.

그녀는 믿질 않는 눈치였다. 하긴 나처럼 멋진 남자가 고백하니 믿기지 않겠지.

―당신은 저를 싫어하실 거예요.

K는 고개를 저으며 내 고백을 강하게 부정했다. 꼴에 튕기기는. 하지만 난 이런 방면에 전문가다. 구애에 넘어가지 않는 여자란 없다. 나는 내 장기인 거짓말을 늘어놓았다. 내가 누군가. 소설가란 말이다.

―제 누나는 무척 아름다웠습니다.

로 시작한 내 이야기는 빤한 거짓말이었다. 내 학비를 대주기 위해 식당에서 일을 했는데 그만 사고를 당했다는 이야기였다.

―4도 화상이었어요. 그것도 얼굴과 가슴에 말입니다. 누나는 집 안에 있는 거울이란 거울은 모조리 깼지요. 하지만 전 절대로 누나 곁을 떠나지 않을 겁니다. 왜냐하면 저 때문에……. 사랑은 누가 설명할 수 있는 그런 게 아니니까요.

나는 더 이상 말을 하지 않고 술잔만 바라보았다. 이쯤에서 K가 내 손을 잡아야 하는데 그러지 않았다. 내 예상이 빗나가는 걸까? 아니다. 이건 시험이다. 끝까지 버텨야 한다. 좋다, 누가 이기나 해 보자. 해서 나는 10여 분을 술잔만 바라보았다. 술잔을 계속 노려보았더니 눈이 아팠고 통증과 함께 눈물이 고였다. 그제야 K는 내 손을 잡았다. 아자.

우린 내 방까지 손만 잡고 묵묵히 걸었다. 달빛이 시원했다. 걷는 동안 K의 손을 꼭 쥐었다가 살살 쥐었다. 그것을 반복했다. 별일 아닌 것 같지만 효과가 있다. 힘을 가하면 상대 역시 똑같은 크기의 힘을 가한다. 바로 작용 반작용의 법칙이다. 누군가를 밀면 민 만큼 밀려난다. 지구 위의 이치 중 하나이다. 우리가 사는 동안 세상의 이치를 따라야 한다. 그것이 첫 번째 명제이다.

원룸 건물 앞에 서자 K는 건물만 바라보며 망설였다. 바람에 실려 어디선가 좋지 않은 냄새가 났다.

―음식물 쓰레기봉투가 터졌나 봐요.

망설이는 그녀에게 누나의 사진을 보여주겠다며 꼬였다. 누나의 사진은 처음부터 있을 리가 없다. 상관없다. 난 거짓말쟁이니까.

방 안은 따듯했다. 나는 들어가자마자 재즈로 연주하는 캐럴 음반을 플레이어에 걸었다.

―음악 괜찮아요?

―네, 좋아요. 음악을 듣고 있으니 어쩐지 이번 겨울은 포근할 것 같아요.

우리는 음악을 들으면서 술을 마셨다.

―흰 눈이 오면 우리 밖으로 나가지 말고 이곳에 함께 있어요.

밤새 음악을 들으며 함께 술을 마셔요. 쌓여가는 눈을 보면서요.

그 말을 하고 나니 언젠가 했던 말처럼 느껴졌다. 언제 누구에게 했는지 떠올렸지만 생각나지 않았다. 낚시처럼, 아마도 만났던 많은 여자들에게 똑같은 이야기를 했을 것이다. 내 말에 K는 조용히 고개를 끄덕였다. 나는 다가가서 K를 안았다. K는 가만히 있었다. 나는 조금 용기를 내 키스를 했다. K의 입으로 가까이 갈수록 이상한 냄새가 났다. 무슨 냄새일까 생각하며 망설이자 K도 머뭇거렸다. 기회를 놓칠 순 없었다. K의 입이 살짝 열리자마자 그 안에서는 상상할 수 없는 기이한 냄새가 났다. 도저히 숨을 쉴 수 없었던 나는 슬쩍 입을 다물었다. 약간 고개를 돌려 맑은 공기를 들이마신 다음, 키스는 포기하고 K의 겉옷을 벗겼다. K가 버티는 척하면서 살짝 팔을 올렸다. 순간 K의 겨드랑이에서는 정말이지 지독한 냄새가 났다. 입안에서 나던 냄새보다 몇십 배는 더 강력했다. 어지러웠고 숨이 막혔다.

—우린 이래선 안 될 거 같아요. 난 당신의 순결을 지켜주고 싶어요.

내가 숨을 쉬지 않고 말했다. 그러곤 자리에서 일어났다.

—아니에요, 괜찮아요.

K가 나를 따라 일어났다.

—제발, 말하지 말아요. (냄새나요.)

—아니에요, 저는 당신과 더 많은 이야기를 나누고 싶어요.

—가까이 오지 말아요. 부탁이에요. (팔도 들지 말아요. 더 독해요.)

나는 서 있을 힘조차 없었다.

—자, 이리 오세요. 제가 안아드릴게요.

K가 두 팔을 벌리며 나에게 다가왔다.

—그게 아니라, 도저히, 냄새가.

그제야 K는 걸음을 멈추었다. 벌을 받는 사람처럼 한동안 서 있었다. 내가 담배를 꺼내 입에 물자 그녀는 조용히 옷가지와 핸드백을 챙겼다. 챙기면서도 나와는 눈을 마주치려 하지 않았다.

—저기…….

내가 불렀지만 K는 조용히 인사를 하곤 나갔다. 그녀가 나간 다음 난 한동안 서 있었다. 그러고는 화장실에 갔다. 화장실에서는 비싼 방향제 냄새가 났다. 은은한 숲의 향이었는데 그 냄새를 맡고 있으니 갑자기 눈물이 날 것 같았다. 나는 아주 조금 울었다. 왜 그런지 몰라도 눈물이 났다. 화장실에서 나왔을 땐 이미 음악도 끝나 있었고 약간의 비릿한 냄새만 남아 있었다. J가 너무도 보고 싶었다. '젖 나오는 남자'도.

몇 주가 지났지만 여전했다. 날씨가 꽤 쌀쌀해진 것 말고는 다른 게 없었다. 마치 회전문 안에 갇혀 있는 것만 같았다. 아버지가 처음으로 나에게 말을 걸었지만 마치 꿈결 같아서 확신이 들지 않았다. 그날은 장난감을 만지지 않고 바라보기만 했다. 나는 요양원에 있던 잡지를 읽고 있었다. 선거를 다룬 기사를 읽었는데 뭔가 이상했다. 다시 기시감이 들었다. 분명 어디선가 읽은 기사였다. 표지를 확인하니 1년하고도 몇 개월이 지난 잡지였다. 하긴 선거라는 것도 늘 비슷해서 다가올 선거를 다룬 예측 기사라 해도 될 것 같았다. 내가 잡지를 막 던지려 할 때 분명하진 않지만 아버지는 '손녀'라는 말을 했다.

—뭐라고요? 아버지?

아버지는 날 잠시 바라보더니 탁자 위에 놓여 있던 장난감을 만지기 시작했다. 아버지는 그 뒤로 아무 말도 없었다. 내가 잘못 들은 것일 수도 있었다. 손녀가 아니라 소녀일 수도 있고 성냥일 수도 있을 것이다. 나는 침대 머리맡에 있던 다른 장난감 하나를 품에 넣은 뒤 인사를 하고 요양원을 나왔다.

그날 저녁 무렵 신간도 보고 여자들 구경도 할 겸 해서 서점에 갔다. 보통 중고서적을 사거나 읽을 신간이 있으면 도서관에서 읽는데 그 신간은 살 수밖에 없었다. J가 소설의 주인공으로 나왔기 때문이었다. 물론 동명이인일 수도 있다. 하지만 몇 문장을 읽는 순간 마치 껌처럼 달라붙어 잘 떨어지지 않는 그 무엇이 있었다.

돌아오는 길에 와인 한 병을 샀다. 원 플러스 원 제품과 할인 제품 중에서 원 플러스 원 제품으로 골랐다. 방으로 들어오자마자 와인을 딴 다음, 병째 두고 소설을 읽기 시작했다. 'J를 좋아하는 이유는 그녀만이 거짓말을 하지 않기 때문이다'로 소설은 시작했다.

J를 좋아하는 이유는 그녀만이 거짓말을 하지 않기 때문이다.

J는 신발을 좋아한다. 구두와 운동화를 가리지 않고 좋아한다. 그리고 나는 J가 신던 신발을 좋아한다.

언젠가 하루, J가 매우 지친 날이었다. J는 구두만 벗어 던진 채 침대로 기어올라 왔다. 핸드백까지 둘러맨 채. 그러고는 5분도 지나지 않아 조용히 코를 골았다. 그날은 우리가 오랜만에 만난 날이었다. 하지만 J가 옷도 벗지 않고 곯아떨어지는 바람에 나는 그냥 집으로 돌아가려 했었다. 준비했던 비아그라가 아깝긴 했어도. 아내에겐 분명 야근이나 출장 핑계를 댔을 테니 나와서 혼자 어느 바에서 술을 마실 생각이었다.

어느 술집으로 갈까 생각하다 문득 눈에 띈 것은 엎어져 있던 J의 구두였다. 처음엔 가지런히 놓아두려다 냄새를 맡고 싶다는 생각이 들었다. 그녀의 모든 게 중력으로 인해 그 안에 모이고 고여 있을 것 같아서였다. 구두를 코 가까이에 대자 옅은 가죽 냄새가 났다. 눈을 감고 좀 더 깊게 숨을 들이켜자 스타킹에 묻어 있었을 세제 냄새가 났다. 한 번 더 들이켜자 J 그녀 몸에서 나던 고유의 체취가 섞여 있었다. 물론 아주 약간의, 기분 좋은 땀 냄새도.

비아그라 없이 발기가 된 것은 근 1년 만이었다. 나는 구두 냄새를 맡으며 그녀의 속옷을 옷장에서 찾았다. 아주 깨끗한 그녀의 속옷을 성기에 감싸고는 자위를 했다. 다른 한 손에는 그녀의 구두를 쥐고서. J는 어릴 적 수영을 했다고 했는데, 물을 가르는 그녀의 곧은 두 다리가 자꾸 떠올랐고 사정을 하자 중력에서 벗어나 마치 우주 한가운데서 떠다니는 것만 같았다. 나중에 그 이야기를 들려주었더니 J는 '어쩐지 다음 날 입은 속옷이 따끔하더라니' 했다.

J는 '버자이너 모놀로그' 활동가였다. 나는 처음에 잘 알아듣지 못했다. 미국에 있는 버지니아 주로 알아들었다. 그녀가 한동안 설명했지만 그것이 버지니아 주와 무슨 관계가 있는지 알 수 없었다.

—그러니까 한마디로 말하면 보지를 보지라고 말하는 거예요. 손을 손이라 부르고 엉덩이를 엉덩이로 말하는 것처럼 말이에요.

나는 마시던 커피를 거의 뿜을 뻔했다.

—보지에 쏟아지는 모든 무지에 반대하는 것이고요.

난 그때까지 '버자이너'가 무슨 단어인지 전혀 알지 못했다. 그녀의 말에 따르면 이브 엔슬러라는 여성이 성에 가해진 여러 폭력과 무지를 연극으로 옮겼고 이후 세계적으로 퍼져나간 여성운동이라는 것이었다. 오줌을 누고 정액을 뿜는 남자의 성기와는 달리 8,000여 개의 신경섬유로 이루어진 클리토리스는 다른 기능 없이 오로지 쾌락만을 위해 존재하는 유일한 기관이라고도 했다.

—지구상 모든 생물을 통틀어서 말이에요.

J는 일찍부터 집을 떠나 있었다. 그녀에게 있어 집은 너무나 무서운 곳이어서 반드시 도망해야만 할 곳이었다고 했다. 미국에 있을 때 「버자이너 모놀로그」를 보았고 그녀는 마침내 자신의 클리토리스가 어디에 있었는지 찾아내고는 울었다고 했다. 이전까지 그녀는 다른 여성과 똑같았다. 명함을 지닌 왕자가 나타나서는 보석과 저택과 오르가슴까지 선물할 것이라고 생각했었다. 그날 이후 그것이야말로 얼마나 만들어진 환상인지 깨달았다고 했다.

외계인이 있다면 지구인들은 병들어 있다고 자기네 행성에 보고할 것이다. 여자는 매달 피를 흘리는 병을, 남자는 그런 여자를 쫓아다니는 병을 앓고 있다고. 삐삐. 삐삐. 이 행성은 볼 것 없다. 지들끼리 지지고 살다가 조만간 멸종할 것이다. 우린 안드로메다를 건너 다음 행성으로 이동한다. 삐삐. 삐삐.

―한국에서 그런 활동을 한다니, 마치 이스라엘 국방장관 앞에서 히잡을 쓰고 있는 것 같겠어요.

내 말에 그녀는 배짱 있게 웃었다.

그날 우리는 서점으로 갔다. 그녀는 나에게 이브 엔슬러의 책을 선물했고 나는 몇 안 되는 그녀의 후원자가 되었다. 신시사이저로 연주하는 음악이 서점에서 조용히 흘러나왔는데 마치 멀리서 들려오는 파도 소리 같았다. 그녀는 진심을 말하는 것에 주저하지 않았고 난 거짓말을 하는 것에 망설이지 않았다.

다음 날인가, J는 보고 싶은 영화가 있는데 함께 보자고 했다. 그 영화는, 뭐랄까, 정말이지 이상한 영화였다. 햇살은 뜨거운데, 바람은 몹시 차가운 것처럼. 유럽 영화였는데, 새엄마가 아들에게 여자를 사준 다음 부채를 들고 정사를 지켜본다는 뭐 그런 영화였다. 아들에게 사준 여자의 젖가슴과 엄마가 늘 들고 다니던 부채 말고는 볼 것도 없던 영화였다.

영화를 보고 나서 우리는 맥주를 마셨다. J가 자주 간다는 단골집이었는데 술집 주인이 영화보다도 더 이상했다. 강성 레즈비언이라고 했는데 눈가에 새 날개 모양의 문신이 있었다. J에겐 다정한 볼맞춤까지 했지만 내가 인사를 하자 그냥 피식 웃었다. 그러면서 마치 꺼지라는 듯이 가볍게 손목을 놀렸다. 이걸 무섭다고 해야 하나, 바보 같다고 해야 하나. 인사를 더 했다가는 돌이라도 던질 기세여서 나는 캘리포니아 맥주 두 병을 꺼내 J가 앉아 있는 구석 자리로 갔다.

벽면엔 프리다 칼로의 영향을 받은 듯한 눈썹 붙은 여자의 초상화가 벽화로 있었는데 술집 주인이 직접 그렸다고 했다. 그림 꼬락서니 하고는. 나는 주인과 똑같은 표정을 지으며 피식 웃었다.

캘리포니아 맥주는 아주 좋았다. 우린 영화 이야기를 하면서 서너 병을 마셨고 술기운이 돌자 J에게 아내가 바람을 피운 지 꽤 되었다고 말했다. 물론 순 거짓말이었다. 거짓말을 하는 것도 아버지로부터 물려받은 것이다. 아버지는 다른 사람이 겪었던 일을 마치 자신이 겪은 것처럼 말했다. 내가 중학교 다닐 무렵 옆집에 살던 여자아이가 교통사고로 죽은 일이 있었다. 하루는 아버지가 학부모 상담을 하러 갔다. 그러곤 담임 선생님에게 말했다. 내게 여동생이 있었는데 작년에 교통사고로 죽었다고. 그 때문에 내가 가끔씩 멍해진다며 우울증 치료까지 받았다는 말까지 했다. 문제는 자신이 지어낸 거짓말을 믿는 것에 있었다. 술에 심하게 취한 날이면 잠들어 있는 나를 깨웠다. 그러고는 죽은 내 여동생에 대해 여러 이야기들을 늘어놓았다. 어머니가 이혼을 한 게 여동생이 죽은 충격 탓인지 아니면 아버지의 거짓말 때문인지 나조차도 헷갈렸다.

—아내가 바람피운 게 억울하다고 생각하나요?

J가 내게 물었다. 나는 아니라고 했다. 아내는 좋은 사람이라고도 했다.

—내 발 냄새까지 참는 여자예요. 그럼 얘기 끝난 거 아닌가요?

그녀가 웃었고 나도 따라 웃었다.

거짓말 때문인지 내 주변엔 친구가 없었다. 그래서 난 가공의 친구를 만들기도 했다. 장례업체에서 일하는 제 친구입니다. 제 친구는 글쎄, 누군가 죽지 않으면 불안해하더군요. 하하. 별명이 인조인간인 친구도 있습니다. 그의 몸 안에는 인공관절 두 개와 철심 세 개, 그리고 플라스틱 보형물이 두 개 있고요. 요즘 그에겐 또 다른 별명도 생겼는데, 그것은 '젖 나오는 남자'입니다. 몸 안에 심은 인공물이 척추와 뇌하수체를 건드려 여성호르몬이 분비되는 모양이에요. 가끔 젖에서, 마치 모유처럼, 분비물이 맺힌다고 하는데, 고칠 수 있는지 물었더니 고칠 수 있다고 하더군요. 대신 몸 안에 있는 모든 인공물들을 빼내야 한다고요. 하하.

철들고 나서부터 나는 아버지의 거짓말을 탓하지 않았다. 아버지뿐만 아니라 누구의 거짓말도 탓하지 않았다. 거짓말은 교육을 통해 필수적으로 습득되는 것이다. 교육도 심지어 사랑도 이데올로기다. 세상엔 거짓이라는 걸 모르는 사람과 거짓말을 하는 사람

그리고 진심을 말하는 사람이 있다.

—영화 어땠어요?

엉터리라고 말하려다 J가 좋았다기에 나도 좋았다고 말했다.

내게 여동생이 있다고 믿었던 아버지처럼 그 영화의 감독도 자신의 영화가 예술이라고 믿었던 것이 분명하다. 엄마의 역할로 나왔던 배우가 물었을지도 모른다. 감독님, 이 부채는 왜 항상 가지고 다녀야 하죠? 이봐, 여기서 부채는 그늘진 성적 욕망의 은밀한 외적 상징이야. 아시겠어요? 저예산으로 푼돈을 벌어들이려는 제작자도 마찬가지겠지. 엿이나 드시라지. 그 영화를 보고 나서 블록버스터와 구별 지으려는 루이비통을 든 예술가 지망생들도 마찬가지.

거기까지 생각하다 보니 점점 알 수 없었다. J는? 그녀는 유일하게 거짓말을 하지 않는다고 생각했는데 만약 그것도 아버지처럼 착각이라면. 그러자 막 일기 시작했던 그녀에 대한 흥미가 조금씩 주는 것 같았다. 하지만 그녀의 가슴골을 보고 있노라면 그깟 영화 따위 요가 수행자에게나 주라는 생각이 다시 내 머리를 뒤덮었다. 멀리 있는 형제보다 가까운 이웃이 더 소중하니까. 나를 멈추게 하는 건 지식도 철학도 아니었다. 언제나 성욕뿐이었다.

와인 한 병이 금세 비워졌다. 나는 나머지 한 병을 따르다가 J에게 전화를 했다. 술을 마셔 용기가 생긴 것도 있었지만 용건이 생겨서 자신 있게 전화를 걸 수 있었다. 일방적으로 연락을 끊은 지 1, 2년이 넘은 것 같았다. 만나기 싫어 그냥 문자만 남겼던 기억이 났다. '이제 더 이상 보지 못할 것 같아.' 답문은 없었다. '미안해.' 다시 문자를 보냈다. 문자를 보낸 시간이 밤 아홉 시 무렵이었는데 자정이 조금 지나서야 답문이 왔다. 아주 짧았다. '그래. 안녕.' 짧지만 왠지 슬펐다. 그 뒤로 왜 연락을 하지 않았을까. 이렇게 보고 싶은데도. 나는 심호흡을 한 다음 전화를 걸었다. 부디 전화번호가 바뀌지 않았기를 빌면서.

J는 전화를 받지 않았다. 나는 와인을 한 모금 마실 때마다 전화를 했다. 네 모금 마셨을 때 J는 전화를 받았다.

—오랜만이다, 그지?

난 애써 웃으며 말했다. J는 별말이 없었다. 안부를 묻자 그저 그렇다고 했다.

—혹시 「버자이너 모놀로그」라고 알아?

—아니, 몰라.

—누구 만난 적도 없어? 젖 나오는 남자 이야기도 나오더라고.

J는 아무런 대답도 하지 않았다.

—우리 다시 만나는 거야?

J가 물었다.

—네가 너무 보고 싶었어.

　—정말이야?

　—그럼, 정말이지.

　—이젠 괜찮아?

　—뭐가?

　—정말 괜찮은 거야?

　—응? 으응.

　어쩐지 자신이 없었다. 무엇이 '정말 괜찮은' 일인지 알 수 없었다. 분명 보고 싶었는데도 물어보니 선뜻 대답하기 힘들었다.

　—정말이지?

　J가 다시 묻자 나도 모르게 그냥 전화를 끊었다. 마치 마시려던 물 안에 지저분한 것들이 들어 있어 순간 버려버리는 것처럼. 와인을 병째 들고 침대로 갔다. 그리고 소설을 마저 읽었다. J와의 정사 장면이 있었고 가족 이야기가 이어졌다. 소설이 끝날 무렵 와인 냄새가 시큼하게 느껴져 약간의 구토가 일었다. 나는 와인을 조금 멀리 치웠다. 이상하게도 소설의 마지막 몇 페이지는 읽기가 너무 힘들었다.

　J의 생일에 나는 은 목걸이를 선물했다. 에셔의 그림이나 뫼비우스의 띠처럼 안과 밖이 교묘하게 붙어 있는 목걸이였다. 카드도

샀는데 어떤 말을 적을까 한동안 고민을 했었다. 여러 장을 버리고 나서 목걸이에 대해 썼다.

이해할 수 없는 것들에 두려움을 느끼고 그 두려움 때문에 서로 의지한다. J와 나를 위해서, 라고.

식사를 하면서 생일 축하 와인을 마셨다. J에게 목걸이와 카드를 주었지만 카드도 읽기 전에 집으로 갈 수밖에 없었다. 아내는 쉴 새 없이 전화를 했다. 화장실에 가는 척하면서 전화를 받았을 때 아내는 딸아이가 숨을 쉬지 않는다고 말했다.

—그게 무슨 말이야?

아내는 통화를 하면서 여러 번 구토를 했다.

—유치원 다녀와서 잠깐 잔다고 했거든. 내가 방문을 닫으려 했는데, 이러는 거야. '엄마, 문 닫지 마.' 그래서 내가 알았다고 했지. 애가 잠들자 시끄러울까봐 문을 닫았어. 그랬더니 어느새 깨서는 다시 '문 닫지 마'라고 하는 거야. 저녁 먹이려 깨우는데 숨을 안 쉬고 있었어.

아내는 심하게 구토를 했다.

아내는 아이가 잠든 사이에 유치원 가방을 정리했다. 보온병을 꺼내고 가정통신문을 읽었다. 원아수첩에는 아이가 친구에게 양보를 잘해서 받은 칭찬 스티커도 있었다. 유치원에선 가족에게 보내는 크리스마스카드를 만들고 있었다. 산타에게 보내는 편지에는 예쁜 아기 고양이를 보내달라고 적혀 있었다. 아이는 '미요미'라는 이름까지 적어놓았다. 아이가 그린 아기 고양이는 머리가 아주 컸다. 전날 아이는 이번 크리스마스에 눈이 내리면 좋겠다고 말했다. 아내는 눈을 바라보며 집에서 구운 쿠키에 와인을 먹자고 말했다. 아내는 아이의 방을 보다가 찬 바람이 들어갈까 문을 닫아야겠다고 생각했다. 문을 닫으려 하자 아이는 잠에서 깼는지, 엄마 문 닫지 마, 라고 말했다. 왜? 무섭니? 아내가 물었다. 아이는 하품을 하더니 다시 잠들었다. 아내는 쿠키를 미리 구워봐야겠다고 생각했다. 인터넷에 접속하여 쿠키 만드는 방법들을 검색했다. 그중에 가장 건강에 도움이 되는 레시피를 찾았다. 설탕 대신에 유당을 사용하면 좋다고 되어 있어 아내는 다시 유당 파는 곳을 검색했다. 시계를 보니 저녁 준비를 할 시간이었다. 아내는 내게 저녁식사를 하고 오는지 전화를 했지만 회의 중이라는 기계음이 나왔다. 아내는 아이를 깨우기 위해 아이 방으로 갔다. 아이는 얼굴을 파묻은 채 자고 있었다. 지독히 깊은 잠에 빠진 것처럼 보였다. 깨웠지만 늘어졌다. 설마 했지만 숨을 쉬지 않았다.

　―내가 미쳤나봐. 문 닫지 말라고 했는데, 내가 문을 닫았던 것 같아.

아내는 다시 구토를 했다. 그러고는 다시 말했다.

—여보, 믿겨? 우리 애 마지막 말이 문 닫지 마, 라는 말이었다는 게.

아내의 말을 듣는 동안 나까지 심한 구토가 밀려왔다. 택시 운전사가 백미러로 나를 힐끔거렸다. 나는 병원 앞에 내리자마자 화단에 토했다. 위에서 나온 와인은 꼭 피 같았다. 아주 맑은 피.

소설을 끝까지 읽으려 했지만 나 역시 올라오는 구토를 참을 수 없었다. 책이며 이불이며 옷에다 구토를 했다. 배 속에 있던 와인이, 정말이지 피처럼 나왔다.

크리스마스를 앞두고 아버지를 보러 요양원으로 갔다. 이번 크리스마스엔 흐릴 뿐 눈은 오지 않는다는 예보가 있었다. 요양원 입구에서 J의 전화를 받았다.

—이젠 괜찮아진 거야?

J가 물었다.

—내 문제는 말이야. 내가 망가져 있음을 알면서도 해결책을 찾지 못한다는 거야.

J는 가만히 듣고 있었다.

─미안해.

내가 말했다.

─그래, 안녕.

J가 말했다.

아버지는 똑같았다. 아버지는 장난감을 보았고 나는 아버지를 보았다. 나는 30여 분을 앉아 있다가 아무 장난감을 품에 넣고 나왔다. 입구에서 초로의 여성이 나를 불렀다.

우리는 이름 없는 시대에 살고 있다. 누군가의 자식이고, 누군가의 연인이며, 누군가의 가족이다. 이름은 더 이상 의미 없고 존재하지 않는다. 초로의 여성을 만난 뒤 그런 생각을 지울 수 없다. 초로의 여성을 뭐라고 불러야 할지 모르겠다. 이름을 물어보지 않았지만 이름을 안다고 해서 크게 달라질 건 없을 것이다. 그러니까 초로의 여성은 아버지의 내연녀였고, 사랑하는 사이였으며, 동거녀였고, 미혼모이자 제주도 주민이다. 그녀와 아버지 사이에 딸도 하나 있었다. 그 딸은 내 손아래뻘이었고 내가 중학교 다닐 무렵 사고로 죽었다고 했다. 술에 취해 내뱉던 아버지의 말이 거짓말인 줄 알았는데 사실이었다. 내가 그녀의 이야기를 묵묵히 듣고 있을 때 군복을 입은 노인이 우릴 노려보다가 '내 그럴 줄 알았어, 내 그럴 줄 알았지'라면서 지팡이를 휘둘렀다.

초로의 여성이 돌아간 뒤 나는 아버지를 보기 위해 다시 갔다. 아버지는 나에게 손을 내밀었다. 내가 장난감을 들어 아버지에게 주었지만 아버진 잡으려 하지 않았다.

—장난감 싫으세요? 그럼 뭘 드릴까요?

내가 물었지만 아버진 여전히 손만 내밀었다. 내가 다른 장난감을 보여도 마찬가지였다. 내가 어쩔 줄을 몰라 망설이고 있자 아버지는 또박또박 말했다.

—내 손녀는.

아버지의 눈은 무척이나 맑았다. 평생 그렇게 맑은 눈은 처음이었다. 아버지는 품 안에서 종이를 하나 꺼냈다. 종이에는 그림이 그려져 있었는데 머리가 큰 아기 고양이였다.

—미요미.

아버지가 말했다. 미요미, 맞아요. 미요미.

—내 손녀는.

—모르겠어요, 모르겠어요.

눈물을 감추려 했지만 그건 불가능했다. 모두 내 잘못이에요.

—내 딸은.

아버지가 다시 말했다. 나는 나가고 싶었지만 나가는 길이 있을지, 아니 있기는 한지 궁금했다.

―내 딸은. 내 손녀는.

메아리처럼 울렸다.

이해할 수 없는 것들은 늘 두렵다. 두렵기에 의존한다. 그러나 이젠 더 이상 의지할 그 무엇도 없다. 진짜를 만나는 순간. 오직 더러움뿐이다. 나는 집에 돌아와 소설을 쓰기 시작했다.

우리는 화장실에서 만났어. 정말이지 더럽고 지저분한 곳이었지.

나는 거기까지 쓴 다음 멈추었다.

다시 구토가 일었다. 창문을 열었다. 제법 찬 바람이 들어왔다. 춥진 않았다. 나는 딥 퍼플의 「Anthem」을 찾아 조용하게 틀었다. 부드러운 밤바람이 열린 창문으로 들어올 때면, 소녀를 기억하네, 내게 기쁨을 주었던. 로드 에반스가 노래를 부르기 시작했다. 창밖으로 손을 내밀자 차가운 바람이 느껴졌다. 그리고 바람과 함께 무언가가 내 손바닥으로 떨어졌다. 그건 아주 작아, 자세히 보지 않으면 알아볼 수도 없을 만큼 작고 작은 눈이었다.

이번 크리스마스엔 눈이 내리면 좋겠어. 흰 눈이 오면 우리 밖으로 나가지 말고 이곳에 함께 있어요. 밤새 음악을 들으며 함께 술을 마셔요. 쌓여가는 눈을 보면서요. 직접 구운 쿠키에 와인을 마시면서. 아빠, 이것 봐. 이거 산타 할아버지에게 보낼 그림인데, 내

66

가 그렸어. 누군가가 지나간다면 창가에서 흐느끼고 있는 너저분하고 작은 사내를 보았을 것이다. 세상은 너무나 단단해서 우리에겐 오직 망각의 힘밖엔 없다. 부디 용서를.

난 '젖 나오는 남자'에게 물었어. 이봐, 대체 저 많은 사람들은 모두 어디로 가고 있는 걸까? 라고. 그러자 박성원이 말했어. 글쎄, 하고 말이야.

몸

우리는 섬세하고 민감한 물질로 되어 있으므로…….

—세르반테스

죽었던 그의 아내가 돌아왔다. 그것도 두 발이 없는 유령이 되어. 죽은 지 279일 만이었다.

금요일 오후였고, 그날은 그가 강사로 있던 수학학원에서 해고 통보를 받은 날이었다. 여름이 끝나고 있었지만 무척이나 더웠다. 햇살은 단단했고 무거웠다. 정체를 알 수 없는 미묘한 열이 그의 머리와 등에 그림자처럼 달라붙어 있었다. 미열 때문인지 늦더위 때문인지, 그는 맥주를 마시고 싶었고 아파트 부근에 있는 슈퍼마켓에 들렀다. 슈퍼 주인의 얼굴은 코뿔소 가죽처럼 두꺼웠고 거칠었다. 계산을 하면서 슈퍼 주인이 히죽 웃었다.

—뉴스 보셨지요?

슈퍼 주인의 얼굴 뒤에는 작은 텔레비전이 있었는데 화면에는 유도 선수가 경기장을 뛰어다니고 있었다. 아나운서는 감격에 젖어 '우리가 해냈습니다, 드디어 우리가 해냈습니다' 하고 외치고 있었다.

—아, 네.

새로운 소식이 무엇인지 알 수 없었지만 그는 잘 아는 것처럼 대답했다. 맥주를 담은 비닐봉지처럼 그의 몸이 축 처졌다. 집에 가자마자 맥주를 냉장고에 넣고 욕실로 갔다.

샤워를 하고 나왔을 때였다. 거실에 있는 작은 테이블 위에 죽은 그의 아내가 앉아 있었다. 마치 원래 있던 장식물처럼. 알몸이었고 발코니를 통해 들어온 여름의 일몰이 우울하게 아내의 등을 감싸고 있었다.

그는 아내를 보자마자, '여보' 하고 불렀다. 그것은 아내가 맞는지 확인하는 말이거나 아니면 당황스러움에 무슨 말을 해야 할지 모르는 막연한 부름일 수도 있었다. 죽은 아내를 다시 보았을 때 그는 무섭거나 두렵다기보다는 당황스러웠다. 그의 머리카락에서는 채 마르지 않은 물방울이 뚝뚝 떨어졌다.

　―잠들었다 깬 것 같은데, 눈을 떠보니 여기에 이렇게…….

아내는 마치 잠에서 막 깬 사람처럼 또렷하지 않게 말했다.

　―일어날 수가 없어.

아내가 그렇게 말했다. 그는 아내의 발을 보았다. 아내의 발목 아래는 흐릿했다. 그림자에 가려 반만 보이는 반달처럼.

　―손도 움직일 수 없어.

그의 아내는 두 손을 포개고 있었는데 움직일 수 없다고 했다. 아내는 울 것 같은 표정을 지었다. 그는 조심스럽게 다가가서 아내의 손을 만졌다. 꼭 붙잡을 순 없었지만 느낄 수는 있었다. 뭐랄까. 물을 움켜쥐었을 때의 느낌이랄까? 단단하게 잡히진 않았지만 분명 아내의 손을 느낄 수 있었다.

　―설마…… 내가 죽었던 거야?

창백한 아내의 얼굴이 더 창백해졌다.

　―어디까지 기억하는 거야?

그의 머리카락에서 떨어진 물방울이 아내의 얼굴 위에 아주 잠시 머물더니 흔적도 없이 사라졌다.

　―병원에 누워 있었는데. 난……, 정말 내가 죽은 거야?

아내는 금방이라도 울 것만 같았다. 그는 아내를 안았다. 그러고는 눈을 감았다. 눈을 뜨는 순간 자칫 아내의 희박한 몸이 기화되어 날아갈까봐 무척이나 조심스러웠다. 갓 태어난 아기를 어떻게 다루어야 할지 모르는 사람처럼 그는 어떻게 해야 할지 알 수 없었다. 그는 눈을 감은 채 조심스럽게 아내를 불렀다. 그러자 아내 역시 아주 떨리는 소리로 대답했다. 아내의 부드러운 가슴이 느껴지는 것도 같았지만 눈을 감고 있어서인지 확신할 순 없었다.

—내 몸이 느껴져?

그는 아내에게 물었다. 아내는 그런 것 같기도 하고 아닌 것 같기도 하다고 말했다. 일몰 때문인지 눈꺼풀이 환해졌고 뜨거워졌다.

—S는?

아내가 물었다. S는 아들이었다. 그와 아내 사이에서 태어난.

—여보, 10개월이 지났어.

그의 입에서는 불쑥 그런 말이 튀어나왔다. 10개월은 긴 시간일 수도 있을 테지만 사실 그리 긴 시간이 아닐 수도 있을 것이다. S는 지금 J와 실내놀이터에서 놀고 있을 것이었다. 아내가 죽은 뒤 그는 J와 결혼을 앞두고 있었다. 혼란을 겪고 있는 S와 친해지기 위해 J는 직장을 그만두고 하루 종일 S와 지냈다.

—10개월?

74

―응, 10개월.

　그는 눈을 뜨고 아내를 바라보았다. 아내는 사라지거나, 기화되거나, 어디론가 잠복하지도 않고 여전히 그의 눈앞에 있었다. 보고 싶었던 건 사실이지만 도저히 믿을 수가 없었다. 순간 S가 걱정되었다. 홀연히 되돌아온 아내를 S는 어떻게 생각할까. 그것도 두 발 모두 없는 유령이 되어 나타난 자기 엄마를.

　그는 아내의 벗은 몸을 보다가 뭐라도 입혀야겠다고 생각했다. 그러나 아내의 옷은 없을 것이었다. J와 함께 지내면서 모두 버렸거나 불태웠던 기억을 떠올렸다. J는 아내의 물건들을 기피했다. 화장품이든, 옷가지든, 적립카드든, 하다못해 어느 호텔에서 가져온 일회용 빗이든.

　―단지 물건일 뿐이야.

　아내의 물건들을 J가 버리려 할 때 그렇게 말한 적이 있었다. 그는 궁금했다. 아내의 물건들을 어떻게 그리도 잘 찾아내는지를. 심지어 연애할 때 장난으로 선물했던 유아용 스티커까지 J는 찾아냈다. 먼지 때문에 떨어지지도 않는, 10년도 더 지난 것들을. 그로서는 그것들을 어떻게 찾아냈는지 알 수 없었지만 어쨌든 J는 하루에 한 가지 이상은 늘 찾아냈다.

　―그래, 나도 알아. 하지만 물건이기 전에 이건 삶의 태도에 관

한 거야.

J가 말한 삶의 태도가 정확하게 무엇인지는 알 수 없었지만 이해는 할 것 같았다. 그래서 그는 그냥 J를 내버려두었다. 아내와 함께 듣던 음악 CD를 버리는 것만큼은 절대 양보 못한다고 했지만 다음 날 J는 새 CD를 구해 왔다. 구하기 힘든 희귀 음반은 USB에 담아 오기도 했다.

그토록 아내의 흔적과 물건들을 버리려 했지만 사실 J는 실패했다. 아내는 무엇이든 반복해서 가지려는 욕망이 강했다. 좋은 물건이 있으면 두 가지를 구입해 하나는 포장을 뜯지 않은 채 보관했다. 아내는 아마추어 사진작가였다. 아내가 사진을 찍는 이유도 어떻게 보면 보관하려는 욕망 때문인지도 모른다. 아내는 자신이 소유한 모든 것을 사진으로 찍어 자신의 블로그에 보관해두었다. 보석 사진, 자신이 만든 케이크 사진, 하다못해 S가 배 속에 있던 초음파 사진까지도.

J가 아내의 보석을 팔았다 하더라도, 아내가 만들었던 케이크는 먹어치운 지 오래되었다 하더라도, J가 아내의 블로그를 폐쇄했다 하더라도 아내가 찍은 사진들은 이미 전 세계 누군가의 블로그에서 살아 있었다. 아내가 찍었던 사진을 그는 제주도에 사는 누군가의 블로그에서, 심지어 뉴욕에 거주하는 어느 외국인의 개인 사이

트에서까지 볼 수 있었다. J는 아내의 모든 물건들을 버렸지만 삭제할 수는 없었다. J의 엄청난 노력에도 불구하고 아내의 흔적은 불사不死했다. 결혼과 출산, 그리고 육아를 하면서 아내는 직장을 그만두었고 그때부터 아내의 삶은 무선의 망網 속에 있었다.

그는 J의 잠옷을 꺼내 왔다.

―내 옷이 아닌데.

―그래, 알아. 하지만…….

아내에게 잠옷을 입히려 했지만 입힐 수 없었다. 잠옷은 아내의 몸을 관통해 바닥으로 떨어졌다. 다시 한 번 시도했지만 잠옷은 아무런 거리낌도 없다는 듯 중력에만 자신의 몸을 맡겼다.

아내가 고개를 들지 않았다.

―난 손도 움직일 수 없어. 발도 없고.

―그래, 하지만…….

그때 현관문 벨이 울렸다. 인터폰 액정화면에 J와 S가 보였다. 큰일이다. 그는 중얼거렸다. 그러고는 아내를 어딘가에 감춰야 한다는 생각만 했다. J도 J였지만 무엇보다 S가 걱정이었다. 발도 없는 엄마를 어떻게 받아들일 수 있을까. 일단 시간을 벌기 위해 그는 현관으로 뛰어가 도어록을 걸었다. 걸쇠까지 걸면서 잠시만 기다려달라고 문밖으로 소리쳤다.

—왜 그래? S가 오줌 마렵대.

J가 문을 두드리며 다급히 말했다.

—응? 오줌 마렵대? 알겠어. 하지만…….

그가 뒤를 돌아보자 아내는 여전히 같은 자세로 거실 테이블 위에 앉아 있었다. 아내 역시 당황한 표정을 지었다. 그는 뛰어가 아내를 안아보았다. 아내는 무척이나 가벼웠다. 마치 깃털을 안는 것 같았다. 그는 아내를 안고 어디에 감출지 두리번거렸다.

—S가 보고 싶어. S가 보고 싶단 말이야.

아내가 울먹이며 말했다.

—그래, 잘 알아. 하지만…….

하지만이라는 말밖에 할 말이 없었다. 말도 안 되는 이 상황을 어떻게 정리해야 할지, 또 무슨 말로 설명해야 할지 도무지 아무런 생각도 할 수 없었다. 무엇보다 아내를 빨리 숨겨야만 한다. 그는 생각했다.

J가 찾지 못하는 곳이 어디 있을까. 귀신처럼 아내의 흔적과 물건들을 찾아내던 J가 찾지 못하는 곳이 어디 있을까. 그는 아내를 안고 이리저리 뛰어다녔다. J가 현관문의 비밀번호를 눌렀지만 잠금장치 때문에 경보음만 유령처럼 떠돌았다. J가 다시 문을 두드렸다. 그는 아내를 안고 화장실과 부엌으로 뛰어다녔다. 부엌은 J가

자주 가는 곳이므로 절대 안 된다. 그는 발코니로 나갔다가 다시 돌아왔다. 발코니에 있는 작은 창고에는 아직도 J가 뒤질 곳이 많이 있기 때문에 마땅치 않아 보였다. 더구나 빨래를 너는 곳이기도 하기에 그는 아내를 안고 집 안을 돌아다녔다. S의 방도 위험하긴 마찬가지였다. S가 자다가 보기라도 한다면. 아가, 나야, 나. 엄마야, 엄마. 나를 알아보지 못하겠니? 그것은 엄마가 아니라 악몽일 것이다.

결국 그는 아내를 안방 옷장 안에 넣었다. 주로 그의 옷들을 걸어두는 곳이었고 J가 이미 뒤질 대로 뒤진 곳이기에 안전할 것 같았다. 옷장 안에 구겨 들어간 아내가 무어라고 말했지만 그는 서둘러 문을 닫았다. 그러고는 바닥에 떨어진 J의 잠옷을 들고 뛰어가 현관문을 열었다.

─무슨 일이야? S가 겁먹었잖아.

J의 말처럼 S는 울먹이고 있었다.

─샤워를 하고 나왔어.

J는 그의 발가벗은 몸을 아래위로 훑어보았다. 그는 J의 잠옷으로 아랫도리를 가렸다.

─징그럽게…… 내 잠옷을 가지고 뭐 하는 거야.

─퇴근해서는.

─퇴근해서는?

―샤워를 했지. 몸에 땀이 많이 나서.

J는 나를 흘겨보더니 S를 안고 화장실로 갔다.

―욕조 밖으로 물이 다 튀었잖아.

J가 소리 질렀다. 벌써부터 아내처럼 굴지 말라고, 그는 작은 소
리로 중얼거렸다. 화장실 안에서 J가 제발 머리에 묻은 물이나 말
리라고, 소리쳤다.

―장마도 아니고 말이야. 어떻게 온 집 안 곳곳이 물기야?

그는 J의 말을 뒤로하고 재빨리 안방으로 들어갔다. 옷장에서
속옷을 꺼내며 아내와 눈이 마주쳤다. 걸려 있는 셔츠와 쌓여 있는
속옷 더미에서 옷가지와 다름없이 아내는 앉아 있었다. 어둠 속에
서 아내의 알몸이 희미한 빛을 냈다. 아내가 울먹이는 표정으로 무
언가 말을 하려 했다.

―S를 생각해. 지금 당신의 모습을 본다면 애가 충격을 받을 거
야. 알지? 이후의 일은 차근차근 생각해보자고. 부디 참고 S만 생
각해. S만.

―잘 알아, 하지만······.

그는 아내의 입을 막았다. 그러자 아내는 천천히 고개를 끄덕였다.

―불편하진 않아?

아내가 다시 고개를 끄덕였다. 그는 아내를 조금 민 다음 아내

의 엉덩이 아래에 깔려 있는 속옷을 꺼냈다. 속옷에선 섬유 유연제 냄새가 풍겼다. 옷장 문을 닫자 아내가 조용히 흐느끼는 소리를 냈다. 아니, 어쩌면 흐느끼고 있을 것이라는 착각일지도 모른다고 그는 생각했다.

밖에서 S의 웃음이 들려왔다. J가 S의 목덜미를 안은 채 가벼운 입맞춤을 하자 S는 매미처럼 시끄럽게 웃었다. 인간의 몸은 간사한 것이다. 몸은 생활에 맞춰 길들여진다. 사는 것이 아니라 살아지는 것처럼, 장님이 청각을 발달시키는 것처럼, 침대에 맞춰 몸을 늘리고 줄이는 것처럼, 노선에 맞춰 버스를 타는 것처럼, 세 살이 채 안 된 아이는 이제 J를 제 어미로 알 것이다.

―나…… 학원 그만두었어.

J의 얼굴이 갑자기 굳어졌다.

―무슨 말 하려는지 잘 알아. 하지만…… 이미 일어난 일이야.

일어난 일은 이미 일어난 것이다. 돌이킬 수 없는 것이다. 자기 몫을 챙겨 사라지는 것은 유일하게 시간뿐이다. 죽은 아내가 돌아온 것도, 이미 일어난 일이다. 기껏해야 초등학생을 상대로 수학을 가르치는 일이었다. 초등학교 6년, 중·고등학교 6년, 대학교 4년, 대학원 2년. 18년을 공부한 목적. 자기 몫을 챙겨 사라지는 건 온전히 시간뿐.

—사망 보험금이 많이 남았으니 당분간은 괜찮을 거야.

J가 한숨을 내쉬었다. 해가 졌지만 여름의 열기는 여전히 무겁게 거실을 맴돌았다. 아내를 화장하던 날이 떠올랐다. 화장터의 굴뚝에선 희뿌연 연기가 피어올랐다. 저 연기가 아내인가, 그는 하늘로 사라져가는 연기를 바라보며 중얼거렸다. 몸이 작았던 만큼 연기도 금방 사라졌다. 그날 오후 그에게 쥐어진 것은 아내의 뼛가루가 담긴 작은 함과 사망 보험금이었다.

—내 탓이 아니야.

그는 함을 바라보며 중얼거렸다.

유령이 되어 돌아온 아내 때문에 그는 잠을 잘 수가 없었다. 저녁식사를 하면서도 머리가 돌덩이처럼 무거웠다. 식사가 아니라 날이 잘 선 수술용 칼을 입에 대는 것 같았다. J가 안방을 오갈 때마다 온몸의 신경이 여름의 햇살처럼 뻗쳐나갔다. J가 조용히 코를 골자 마음은 진정되었지만 여전히 잠은 오지 않았다. 잠은 오지 않고 대신 아내의 몸이 두 눈 위에서 걸어 다녔다. 아내의 몸 안으로 들어가서 꽉 채우고 싶은 욕망이 가득했다. 그 어떠한 틈새도 나지 않게끔.

그러니까 어쩌면 태양이 되지 못한 도넛과 같은 것인지도 모른다. 한가운데 구멍이 휑하니 뚫린 태양이란 있을 수 없다. 꽉 찬 밀도와 들끓는 밀도. 그러나 그의 삶은 도넛과도 같았다. 음식을 채워 넣고 술과 담배 연기를 욱여넣어도 텅 비어 있는 도넛의 구멍. 그리고 그 구멍에선 늘 환청이 떠다녔다. 내 탓이 아니야. 누군가 태어나고 누군가는 죽는다. 누군가는 복권에 당첨되고 누군가는 태풍에 휩쓸려 죽는다. 마트에 물건이 넘쳐나고 아프리카 어디에서는 아이들이 쓰레기장을 뒤진다. 견고한 시멘트 덩어리도 철거될 것이고, 최신 기술을 자랑하는 소형 전자제품도 언젠가는 지구의 흙더미에 묻힐 것이다. 그리고 그 언젠가 지구도 먼지가 되어 우주의 티끌로 사라질 것이다. 이게 어디 내 탓인가?

내 탓이 아니야. 그는 중얼거렸다. 그는 몸을 통해 그것을 해소하고 싶었다. 그것이 성욕이든, 생식본능이든 간에 그는 꽉 채우기 위해 아내의 몸 안으로 들어가고자 했다. 시간은 자기 몫을 챙겨 유유히 사라지지만 사람의 기억은 시간의 끄트머리를 붙잡고 오후의 그림자처럼 한없이 길게 늘어진다. 세상은 그런 것이다.

그는 조용히 일어나 J가 자고 있음을 여러 번 확인했다. 그러고는 옷장을 조심스럽게 열어 아내를 꺼냈다. 옷장 안에서는 섬유 유연제 냄새가 고여 있었지만 아내의 몸에선 아무런 냄새도 나지 않았다. 여전히 아내는 깃털처럼 가벼웠고 울 것만 같은 표정이었다.

부엌과 이어진 작은 발코니로 그는 아내를 안고 나갔다.

—이건 사는 게 아니야. 차라리 날 죽여줘.

아내가 말했다. 그는 아내의 뺨을 어루만졌다. 그러나 손에 쥔 물이 순식간에 빠져나가는 것처럼 느낌만 손바닥에 잠시 머물 뿐 이내 흔적도 없이 사라졌다. 아내의 가슴을 만졌지만 마찬가지였다. 얼굴을 아내의 가슴에 파묻었지만 스킨로션을 바르고 나서처럼 느낌은 이내 휘발되었다.

—차라리 날 진짜로 죽여달라니까. 이게 뭐야. 도대체 이게 뭐야.

그는 아내의 아랫도리를 만졌지만 거웃 하나 느낄 수 없었다.

—잘 알아, 하지만…….

알지만 내가 뭘 어찌하겠는가. 자신이 할 수 있는 일이란 게 도대체 무엇인지 알 수 없었다. 더럽혀졌다는 것은 아름다움이 있을 때 가능한 일이며, 몸이 있을 때 죽음도 가능한 것이다. 그런데 죽은 아내를 어떻게 다시 죽여야 할지 그로서는 알 수 없었다.

—이게 뭐야? 내가 지옥에 온 거야?

아내는 급기야 울기 시작했다. 그는 아내의 눈에 흐르는 눈물을 닦아주었지만 눈물 역시 어느새 사라져 희미한 촉감만이 전해왔다.

—아니야, 여긴 우리가 살던 곳이야.

그때 밖에서 거대한 함성이 들려왔다. 창문으로 내다보니 아파트 곳곳에 불이 켜져 있고 집집마다에서 환호성들이 쏟아졌다. 박수 소리와 휘파람 소리가 다시 이어졌다. 그 소리들 때문인지 J가 나왔고 거실의 불이 켜졌다. 아내를 감춰야 했지만 감출 곳이 마땅치 않았다. 발코니에 있는 세탁기 안에 집어넣을 수도 없었다. 그렇다고 빨래 더미 안에 숨길 수도 없었다. 빨래는 늘 J가 담당했으니까. 그가 집에 있을 때 하는 일이라곤 재활용 쓰레기를 분류하거나 폐기물 쓰레기를 버리는 일뿐이었다. 그는 어쩔 수 없이 쓰레기 봉투를 찾아 입구를 벌렸다. 그러고는 그 안에 아내를 욱여넣었다.

―여보.

―쉿, 조용히 해.

아내가 당황한 눈빛으로 말했지만 그는 아내를 구겨 넣은 뒤 봉투를 슬쩍 묶었다. 발코니에 있는 그를 발견한 J가 무얼 하는지 물었다. 그는 맥주를 한잔하려는데 안줏거리를 찾고 있다고 말했다.

―수상해. 내가 집에 왔을 때도 그랬고 말이야. 뭔가 감추는 게 있는 것 같은데.

―감출 게 뭐가 있다고.

그는 서둘러 발코니에서 나와 냉장고로 갔다. 냉장고에 달린 시계는 새벽 두 시를 조금 넘기고 있었다. 그는 맥주를 꺼내며 J에게도 한잔할 건지 물었다.

—너무 더워. 나도 줘. 아직 열대야야.

—그러게 말이야.

J가 텔레비전을 켜자 흥분한 아나운서가 이제 10초 남았습니다, 9초, 8초, 7초……, 하고 초를 세고 있었다. 그는 맥주를 마시며 언제까지 아내를 감출 수 있을지 생각했다. 아내는 죽은 것일까, 아니면 죽지 않은 것일까. 유령이 된 아내에 대해 J에게 말한다면 J는 어떻게 받아들일 것인가. 다른 사람이 알지 못하는 것을 혼자 알고 있다는 사실이 무서웠다. 무섭고도 외로웠다.

그는 맥주잔을 두고 J를 안았다. 그러고는 J의 부드러운 살을 만졌다. 흩어지지도 않고, 사라지지도 않는 진짜 몸을. 그는 아내의 몸을 생각하며 J를 안았다. J에게선 아내와 전혀 다른 냄새가 났다. J의 몸을 파고드는 순간 쓰레기봉투 안에 있을 아내가 떠올랐다. 이게 뭐야? 난 이제 뭐야? 넌 감출 것이라도 있지, 이제 난 더이상 감출 것도 없어. 아내의 웅얼거림이 들리는 것도 같았지만 텔레비전 소리에 이내 묻혀버렸다.

J와 정사를 끝내고 그는 아주 긴 하품을 했다. 아내에게 그랬던 것처럼.

다음 날 오전엔 비가 올 것처럼 먹구름이 잔뜩 끼었지만 비는 오지 않았다. 구름 사이로 햇빛이 위태롭게 비쳤다. 그는 일어나자마자 발코니로 가서 쓰레기봉투를 열어보았다. 아내는 쓰레기봉투 안에 구겨진 채 그대로 있었다. 아내와 눈이 마주쳤지만 아내는 아무런 말도 하지 않았다. 그저 무력한 눈빛만 하고 있었다.

—이따가 쓰레기 더 채워서 버릴 테니까 그냥 둬.

그는 쓰레기봉투를 바라보며 J에게 말했다.

—알겠어. 아침부터 웬 쓰레기야. 오늘 성당에나 늦지 않게 와.

J는 결혼식을 성당에서 올리고 싶어 했다. 그는 J와 미사를 본 다음 결혼식 예약을 해야 했다. 아내가 조용히 눈을 감았다. 그는 쓰레기봉투를 다시 묶었다.

그는 마지막 수업을 하기 위해, 그리고 개인 짐을 챙기기 위해 학원으로 갔다. 개인 짐은 그리 많지 않았다. 짐을 싸고 있는 그와 눈이 마주친 다른 선생들은 애써 고개를 돌렸다. 모두 내 탓이 아니야, 라는 표정을 짓는 것 같았다. 그는 짐을 싼 다음 원장실에 인사를 하기 위해 잠시 들렀다.

마지막 수업이라 할지라도……, 하고 원장은 권태롭게 말했다. 원장은 그에게 잠깐 앉기를 권했지만 그는 그냥 서 있었다. 권태에도 권위가 있다면 아마도 가장 권위 있을 것 같은 표정이었다. 그는 원장의 권태로운 표정을 보면서 그것이야말로 어쩌면 가장 비겁한 일인지도 모른다는 생각을 했다. 자신의 돼먹지 못한 강의 방식을 차라리 탓한다거나 아니면 학원 사정 운운하며 아쉬운 표정을 지었다면 받아들이는 것이 자연스러웠을 것이다. 하지만 원장은 그의 탓도, 적자 탓도 하지 않고 그저 권태로운 표정만 지었다. 창문 밖에서 더운 습기가 밀려왔고, 책상 위에 있는 작은 선풍기가 바람을 일으키며 원장과 그를 번갈아 바라보았다.

—잘 알겠습니다. 더 이상 말씀하지 않아도…….

그는 정중하게 인사를 하고 원장실을 나왔다. 원장은 그 순간에도 창밖만 바라보았다. 미안해하는 표정을 지은 사람은 그의 강의 시수를 챙겨 월급을 입금하던 경리과 직원 미스 K뿐이었다. 그가 원장실을 나오자 그녀는 최대한 그와 눈이 마주치지 않으려고 다급하게 책상 서랍을 열고 한동안 서랍 안을 바라보았다.

—혹시 유령을 믿나요?

뜬금없는 그의 질문 때문인지 그녀는 갑자기 딸꾹질을 했다.

—네?

그녀는 갑자기 터진 딸꾹질 때문인지 자신의 가슴을 가볍게 쳤다.

—예전부터 느꼈지만 그 파란색 원피스 예뻐요.

그가 말하자 그녀는 고개를 숙여 자신의 옷을 찬찬히 살폈다. 딸꾹질을 하면서. 그는 가볍게 인사를 한 다음 나왔다.

복도를 지나쳐 그는 강의실로 갔다. 수업 시작이 10여 분 남았고 학생은 네다섯 명 정도만 있었다. 시간이 되지 않았다고 생각했는지 아이들은 휴대폰만 바라보고 있었다.

—너희들 평균 배울 시간이지?

그가 물었지만 대답은 없었다. 이상하게도 미열이 사라지지 않았다. 그는 답답해서 셔츠의 단추를 더 풀었다. 혹시 쓰레기를 버리다가 J가 아내를 보진 않았는지 신경이 쓰였다. 그는 분필을 쥐고 뚝뚝 부러뜨렸다. 아내는 왜 죽지 않은 걸까. 아니면 정말 그게 죽은 것일까. 아내에 대한 생각과 속옷처럼 달라붙는 미열 때문에 구토가 치밀어 올랐다.

—평균이 뭔지 아니? 빵을 두 개 먹은 한 명과 빵을 전혀 먹지 못한 한 명이 있어도 한 명이 한 개의 빵을 먹은 것이 되는 것이다. 그것이 평균이다.

한 아이가 휴대폰을 하다 말고 그를 올려다보았다. 원장과 같은 권태로운 표정을 짓기 싫었으나 자신의 얼굴에 그런 표정이 감도는 것 같아 그는 기분이 좋지 않았다.

—확률도 마찬가지야. 어떤 놈은 매번 당첨되고 어떤 놈은 매번 떨어져도 확률은 같은 것이야. 수학은 형태와 양에만 작용한다. 죽은 사람과 살아 있는 사람 한 명을 더하면 2인가? 진리는 제한된

것이다. 다른 사람이 알지 못하는 것을 아는 것은 이 세상에서 죄악이다. 내가 너희에게 가르친 것은 수학이 아니었다. 그저 판타지를 판 것뿐이다. 그러니……, 차라리 유령을 믿어라.

그는 아이들을 뒤로하고 그냥 강의실을 나왔다. 웅성거릴 줄 알았지만 모두들 휴대폰만 바라보고 있었다.

시원한 에어컨 바람을 쏘이다 갑자기 더운 곳으로 나와서 그런지 열이 확 올랐다. 물에 빠진 곤충의 다리처럼 팔과 다리가 흐느적거렸다. J가 아내를 발견했을까봐 가슴이 두근거렸다. 겨드랑이를 건드리는 셔츠의 촉감이 거슬렸다. 어디선가 싸구려 화장품 냄새가 풍겨왔다. J에게서도 이런 냄새가 났던 것 같았다. 소음기를 뗀 오토바이가 요란한 소리를 내며 지나갔다. 순간 두 발의 힘이 사라져 그는 어떤 가게 앞에 주저앉았다. 마치 독거미에라도 쏘인 것처럼 순식간에 발목 아래가 마비된 것 같았다. 두 발이 사라진 게 아닌지 겁이 덜컥 났다. 손으로 더듬어 단단한 발목이 만져지자 그제야 안심이 되었다. J는 왜 자기의 집으로 돌아가지 않는 거야. J가 없으면 아내의 문제를 처리하는 게 수월할 것 같았다. 어떤 식으로든.

—저기…….

가게 안에서 누군가가 나와 그를 불렀다. 산뜻한 앞치마를 두른 젊은 여자였다. 잘 소독된 것 같은 앞치마는 지나치게 눈이 부셨다.

—가게 출입구 앞에서 이렇게 앉아 계시면…….

—잘 알겠습니다. 하지만…….

그는 무거운 몸을 일으켰다. 미열과 함께 약간의 어지러움이 감돌았다.

S와 먼저 성당에 가 있을게. 늦지 마.

휴대폰으로 문자가 왔다. 그는 자리에서 일어나 거리를 걸었다. 개인 짐을 학원에 두고 온 생각이 났지만 그는 그냥 계속 걸었다.

성당 안은 조금 어두웠고 서늘했다. 그는 입구에 있는 성수를 바라보았다. 늦게 온 몇 명의 사람들이 성수를 찍어 성호를 긋는 것을 바라보았다. 그는 아직 서툴렀고 어딘가 모르게 부끄러운 느낌마저 들었다. 그는 한참을 서성이다가 들어갔다.

성당 안은 건조했고 석조 건물이어서 그런지 서늘한 돌 냄새가 곳곳에 배어 있었다. 성당 안에 들어서면서 그는 관광지가 된 폐광을 떠올렸다. 약간의 어두움, 그리고 돌무더기와 건조한 바람이 맴돌고 있는, 그런 폐광을.

J와 S는 앞자리가 많이 비어 있음에도 가장 마지막 자리에 앉아

있었다. 그는 코 안으로 들어오는 돌 냄새를 느끼며 J의 옆에 가서 앉았다. 미사포를 뒤집어쓴 J가 고개를 들어 잠시 그를 보았다. J가 성당에 다니는 이유도 어쩌면 몸 안에 도넛과도 같은 구멍이 있어 그 구멍을 채우기 위해서일지 모른다는 생각을 잠시 했다.

사제는 강론을 하고 있었는데 삼위일체에 관한 이야기였다. 예수의 몸과 성령과 하느님은 하나이면서 또 다른 실체라고 이야기를 했다. 확률과 평균이란 말인가. 어떻게 손에 잡히는 몸과 잡을 수 없는 유령이 하나일 수 있단 말인가. 어린이를 상대로 한 미사여서 사제는 쉽게 설명을 했지만 그로서는 이해하기 힘들었다. 발이 없는 유령으로 돌아온 아내도 하나이면서 또 다른 실체인 것인가. 그런 생각들이 그의 머릿속을 마구 걸어 다니자 쓰레기봉투 안에 구겨져 있던 아내의 무력한 눈빛이 쐐기처럼 그의 이마에 박혔다. 이게 뭐야. 차라리 나를 죽여줘. 그는 순간 허우적거렸다. 마치 눈앞에 죽은 아내가 와 있는 것 같아서 그는 두 손으로 허공을 갈랐다.

—뭐 하는 거야?

J가 작지만 무겁게 말했다. 미사포에 가려진 두 눈이 어둠 속에서 빛났다.

—잘 알아, 하지만……

사제가 영성체를 들고 말을 했다.

—너희는 모두 이것을 받아먹어라. 이는 너희를 위하여 내어줄 내 몸이다.

사제가 영성체를 잡은 두 팔을 위로 올렸다.

—잠깐 화장실에…….

그는 자리에서 일어나 집으로 뛰었다. 거리는 철 지난 피서지처럼 한산했다. 잔뜩 끼어 있던 구름은 어느새 물러갔고 그 자리엔 더욱 선명해진 초록의 풀들이 파도처럼 바람에 흔들리고 있었다. 그는 뛰면서 최단거리를 떠올렸고 지름길을 생각했다. 대학 시절에 배웠던 기하학이 떠올랐다. 점과 점 사이의 거리. 출발 지점과 도착 지점. 우리는 공간 사이의 거리만 계산할 수 있을 뿐이다. 도착 지점에서 우리가 무엇을 해야 하는지는 알 수 없다. 그것이 평면기하학이든 입체기하학이든. 수학에서 그것은 필요 없다. 2차방정식을 계산하기 위해 존재하지 않는 허수를 만들었지만 허수의 역할은 단지 실수를 구하기 위함이다. 허수를 보거나 만져본 사람은 그 누구도 없다. 그는 배운 대로 가르쳤다. 졸업이 도착 지점이었고 그는 무엇을 해야 할지 알 수 없었다. 그가 도착 지점에서 할 수 있는 것은 무엇을 해야 하는가가 아니라 도착 지점까지의 계산 뿐이었다. 집으로 빨리 가서, J가 없는 동안, 죽은 아내를 어떻게 해야 할지 그로서는 전혀 떠오르는 바가 없었다. 하지만 빨리, 최단거리로 갈 수밖에 없었다.

그는 집 안으로 뛰어 들어가자마자 발코니로 향했다. 쓰레기봉투를 열었을 때 그의 죽은 아내는 여전히 쓰레기봉투에 담겨 있었다. 희미하고 무력한 눈빛을 한 채.

―생각해보니…….

아내가 말했다.

―생각해보니?

―그래도 난 S를 봐야만 하겠어. 그것이 내가 다시 돌아온 이유인 것 같아. 평생 여기 쓰레기봉투에 처박혀 있다 하더라도.

―잘 알아, 하지만…….

하지만 과연 그럴 수 있을까? 그는 생각했다. 아이가 감당할 수 있을까? 아이는 이제 출발 지점에 서 있다. 앞으로 수많은 질서와 공통되고도 익숙한 세계를 익혀야만 될 아이에게 혼돈과 망상과 판타지의 세계를 보여주자고? 다른 사람이 알지 못하는 것을 혼자만 알고 있다는 사실은 가장 무서운 것이며 외로운 것이다. 아내의 마음을 잘 알긴 하지만 그럴 수는 없다.

―그래. 잘 알아, 하지만…….

속되게 살아 도착 지점까지 가야만 한다. 유령 따윈 하품 나는 극장에서만 만나야 한다. 삶은 차곡차곡 잘 개켜진 세탁물처럼 향을 내뿜으며 정리되어 있어야만 한다. 전염될 가능성이 있는 균은 차단되어야만 한다. 농지 안의 한 포기 잡초는 제거되어야만 한다.

　—아니, 아니. 이건 사는 게 아니야. 차라리 죽어.

　그는 나지막이 말했다. 아내의 눈꺼풀을 손으로 덮으려 했지만 그럴 수 없었다. 아내의 두 눈동자 위로 그의 손바닥이 지나가기만 할 뿐 그는 그 무엇도 잡을 수 없었다. 이번에는 두 손으로 아내의 목을 움켜잡았다. 그러나 그 역시 허사였다. 느낌만 잠시 전달되었다가 연기처럼 사라졌다. 자신이 할 수 있는 모든 계산을 떠올렸지만 공식을 찾거나 대입할 수도 없었다. 미열이 다시 그의 몸을 이불처럼 감쌌다.

　그는 아내의 눈빛을 뒤로하고 쓰레기봉투를 묶었다. 쓰레기봉투 안에서 바스락거리는 작은 움직임이 느껴졌지만 말 그대로 그것은 단지 느낌일 수 있었다. 쓰레기봉투는 아내보다도 훨씬 무거웠다.

　빨갛게 잘 익은 일몰이 아파트 단지 안을 구석구석 점령했다. 늦여름도 지쳤는지 가끔 선선한 바람이 불어와 그의 미열을 식혔다. 잘 정비된 묘목과 풀들이 부드럽게 일렁였다. 외출에서 돌아온 자가용 한 대가 주차선 안에 맞춰 주차하고 있었다. 여학생 세 명이 봄비처럼 재잘거리며 지나갔다. 한 아이가 새로 산 장난감을 가슴에 안고 젊은 부부와 지나갔다. 아이의 얼굴에선 행복이 땀처럼 뚝뚝 떨어졌다. 꽃가루에 취한 꿀벌처럼 그는 걸었다. 베란다에 널린 빨래들이 하얗게 빛났다. 멀리서 J와 S가 걸어오는 것이 보였다. 그는 쓰레기봉투를 살짝 뒤로 감추었다.

세상은 말이야, 그래, 그래. 잘 알아, 하지만……. 그는 아내에게 말하듯 중얼거렸다.

심
해
어

밤이 왔다. 비로소 나는 두 눈을 크게 뜨고 바깥으로 나갈 수 있다. 동공은 알맞게 줄어들어 어둠 속에서도 익숙하게 사물을 알아본다. 빛이 사라진 하늘은 검은빛 주단을 펼쳐놓은 듯 아름답다. 검은 하늘에는 소금 알갱이 같은 작은 별들만이 반짝인다. 오늘 밤은 유독 고요하다. 야행성 벌레나 개구리 울음소리도 들리지 않는다. 나는 숨소리를 낮추고 귀를 기울인다. 집을 받치고 있는 오래된 목재들이 뒤틀려 삐걱대는 소리만 간헐적으로 들릴 뿐이다. 남동생은 아마도 잠자리에 들었을 것이다. 서두를 필요는 없다. 남동생이 더 깊이 잠들 때까지 기다려야 한다.

고요한 밤이 되면 나는 내 주위로 환영들이 몰려드는 것을 느낀다. 환영들은 초점 없는 눈으로 물끄러미 나를 바라보다 비눗방울처럼 터져버린다. 나는 어둠 속에서 계속 눈을 뜨고 환영들의 숨바꼭질을 지켜본다. 잡히지도 않는 환영들 탓에 내 신경은 늘 칼날처럼 날카롭다. 그로 인한 불안감이 내 몸의 수분을 조금씩 빨아들이는지도 모른다. 열에 들뜬 상태로 정신없이 밤을 지새우다 보면 나는 묶어놓은 볏단처럼 모로 쓰러지고 만다.

성냥갑을 찾아 성냥을 켠다. 칙 소리와 함께 불이 켜져 눈앞이 환해진다. 방 안에는 책이 탑처럼 높다랗게 쌓여 있다. 탑이 만들어낸 검은 그림자가 어지럽게 움직인다. 수많은 날들을 나와 함께 어둠 속에 갇혀 있던 책들이다. 책상 위에 있는 초에 불을 붙이고 의자에 앉는다. 책을 펼친다. 흔들리는 촛불에 따라 글자들도 흔들린다.

14세기 초 브루뉴가 왕조의 마리끌레르 왕비는 숫처녀의 피를 마셔 젊음을 유지했다. 20세기까지 매혈은 생계의 주요 수단이었다. 중국 허난 성의 허 씨 일가는 춘궁기에 매일 2리터의 피를 모아 팔았다. 2리터의 피로 구입할 수 있었던 물품은 다음과 같다. 보리 한 되 반. 솜 두 타래. 손바닥 크기의 사슴 껍질.

여섯 명이 하루 동안 짜낸 피는 손바닥 크기의 사슴 껍질보다 못한 것이었다. 숫처녀의 피나 초경 전 소녀의 피는 그보다 두 배 정도 비쌌다. 피는 지구에 존재하는 모든 생명체 중에서 가장 강력한 불사의 능력을 지녔다.

읽던 책을 덮었다. 네모난 거울 속에 내 모습이 보인다. 며칠 사이에 볼살이 더 빠진 것 같다. 새까만 밤처럼 검고 진한 커피를 한 모금 마신다. 커피는 차갑게 식어 있다. 나는 묶은 머리를 풀어 빗기 시작한다. 눈을 감고 머리를 빗고 있으면 마치 엄마가 등 뒤에서 머리칼을 빗어주는 것만 같다. 엄마의 부드러운 손바닥이 내 살갗을 감싼다. 얼음보다 더 맑고 차가운 피부. 엄마의 목소리가 등 뒤에서 들려오는 것만 같다. 나는 눈을 번쩍 뜨고 거울을 본다. 어둠 속에서도 내 피부는 육체를 잃어버린 혼백처럼 차갑게 빛난다. 핏기 없는 입술에 빨간색 립스틱을 바른다. 립스틱에서 피 맛이 난다. 립스틱은 엄마의 유품이다. 눈물이 말라붙은 양쪽 볼에 파운데이션을 톡톡 두드리듯 바른다. 얼굴에 한 줄기 피가 돌 듯 생기가 느껴진다.

엄마의 꽃무늬 원피스를 입고 검은 숄을 어깨에 두른다. 손에 빨간 구두를 든 채 거울을 본다. 길고 가느다란 눈, 넓은 이마, 두툼한 입술에다 좁은 어깨까지 아무리 봐도 엄마를 그대로 닮았다.

살며시 방문을 열다 구두를 놓칠 뻔한다. 콩닥거리는 가슴을 꾹꾹 누른다. 언제나 닫혀 있던 맞은편 방문이 활짝 열려 있다. 남동생의 방이다. 남동생은 다락방을 개조해 만든 2층 방을 싫어했다. 마룻바닥이 심하게 삐걱대는 바람에 어쩔 수 없이 발걸음을 멈춘다. 열려진 방 안이 들여다보인다. 방 안은 도둑이 들었던 것처럼 엉망이다. 하지만 도둑이 들었을 리는 없다. 집 안에 값나가는 물건들은 하나도 남아 있지 않다. 남동생이 죄다 팔아치웠기 때문이다. 텅 빈 책장에는 먼지가 두텁게 쌓여 있을 것이고, 입다 벗어버린 옷더미에서는 묵은 땀내가 진동할 것이다. 벽에 걸려 있는 십자가가 보였다. 십자가는 어둠 속에서 희미하게 형체를 드러내고 있었다. 남동생은 사춘기 시절의 대부분을 교회 활동으로 보냈다. 누나, 십자가를 안고 나와 함께 햇빛 아래를 걸어보자. 남동생은 예수의 발에 입을 맞춘 다음 나에게 건네주었다. 창문을 타고 온 햇빛에 은도금이 된 예수는 광채를 띠고 있었다. 모두 지난 일이다.

오래전부터 남동생은 엄마가 쓰던 아래층 큰방을 쓰고 있다. 나무 계단을 내려가는 동안 손안에 땀이 찬다. 큰방 앞에 서서 귀를 기울여본다. 남동생의 코 고는 소리와 함께 낮은 숨소리가 들린다. 남동생은 초저녁부터 꾸벅꾸벅 졸다가 밤이 되면 깊은 잠에 빠져버린다. 아무리 소리를 질러대도 꿈쩍하지 않고 잠을 잔다. 하지만 나는 깜깜한 밤이 되어야 몸을 움직일 수 있다. 현관문을 열고 유령처럼 집을 빠져나온다.

손에 들고 있던 구두를 신고 마당을 가로질러 간다. 밤바람이 서늘해서 한기가 느껴진다. 하지만 날아갈 듯 기분은 상쾌하다. 누군가가 내 등을 떠밀어 어서 집을 나가라고 부추기는 것만 같다. 열린 대문을 통해 집 밖으로 발길을 뗀다. 오래전부터 나는 매일 밤 조금씩 집에서 멀어지는 연습을 해왔다. 뒤돌아보니 집은 잠자는 짐승처럼 두 눈을 꾹 감고 있다. 낮은 담에 둘러싸인 집은 엄마가 햇빛을 가리기 위해 쓰던 챙이 넓은 모자처럼 낡고 해져 있었다. 외따로 떨어져 있는 이 집은 내가 태어나고 자란 곳이다. 또한 어둠 속에 잠겨 있던 내 삶이 고스란히 모여 있는 곳이기도 하다. 집은 덫에 걸려 죽은 들짐승마냥 황폐하고 험해질 대로 험해져 있었다.

온통 말라비틀어진 꽃뿐이야. 내 몸에 핀 꽃처럼 시들고 흉한 꽃만 피는군. 언젠가 엄마는 꽃밭을 보며 중얼거렸다. 엄마는 철마다 색색의 꽃이 피도록 꽃밭을 가꾸었고, 비료나 물을 거르지 않고 주었다. 그러나 이상하게도 꽃은 피기도 전에 시들었다. 엄마는 하얗게 질린 얼굴로 시든 꽃을 바라보았다. 그럴 때면 여지없이 엄마의 몸이 떠올랐다.

엄마의 몸에는 물감을 손으로 눌러놓은 듯 희미한 무늬가 흡사 꽃처럼 피었다. 그것은 젖가슴 주위에서부터 배꼽을 거쳐 거웃까지, 어깨뼈에서부터 엉덩이까지 흐드러지게 퍼졌다. 대부분 동그란 모양이지만 자세히 보면 마치 꽃잎처럼 네다섯 개의 마디로 나뉘어 있는 형상이었다. 처음에는 붉은빛을 띠다가 차차 시간이 지나면 갈색으로 변하면서 크기도 조금 줄어들었다. 태양 빛에 의한 민감한 피부병이라고 했다. 손가락 끝으로 세게 문지르면 살갗만 빨갛게 부풀어 올랐다. 엄마는 자주 내 몸을 쓰다듬으며 우리 모두 깨끗해질 거라고 말했다. 마당 한쪽에는 불길한 꿈처럼 검은색 차양이 쳐져 있다. 엄마를 닮아 햇빛에 닿으면 홀홀 벗겨지는 내 살갗 때문이다. 몹쓸 유전이야. 엄마가 말했다.

삼복더위가 한창 기승을 부리던 여름날이었다. 어린 꼬마였던 나는 옷을 벗어 던지고 마당에서 뛰어놀고 있었다. 노란 꽃을 만지려고 했을 때였다. 팔뚝과 등이 가려웠다. 조그만 개미가 기어 다니는 것 같았다. 손톱으로 벅벅 긁다가 급기야 나는 울음을 터뜨렸다. 살갗이 따끔거리면서 금세 부풀어 올랐다. 울음소리를 듣고 엄마가 달려 나왔다. 엄마는 발갛게 부푼 내 살갗을 보고 정신 나간 사람처럼 소리를 질렀다. 나는 엄마의 반응에 놀라 더 세차게 울었다. 화상을 입은 것처럼 붉어진 살갗은 마침내 뱀이 껍질을 벗듯 홀홀 벗겨졌다. 그 후로 엄마는 내 피부에 대해 유난히 신경을 곤두세웠다. 어둑한 다락을 고쳐 방을 만들어주었고, 집 안에 있는 모든 창문마다 두터운 커튼을 달아주었다. 햇빛에 노출되지 않도록 조심해야 했기 때문이었다. 평생 햇빛을 쏘이지 못해서 내 살갗은 지독하게 하얗다.

엄마는 내가 할머니를 그대로 닮았노라고 말했다. 얼굴 생김새뿐만 아니라 물을 많이 마시는 것과 자주 몸져눕는 것까지 똑같다고 했다. 그 말을 들었을 때 나는 문득 거역할 수 없는 대물림을 떠올렸다. 한 방울의 피에는 한 사람의 지도가 그려져 있다고 했다.

세상은 하나의 지도란다. 그렇기에 지도를 벗어날 순 없는 거야. 엄마는 내 몸 안의 지도를 읽은 게 분명하다. 너를 낳지 말았어야 했어. 엄마는 자주 중얼거렸다.

아무것도 움직이지 않는 밤은 길게 여겨진다. 나는 내 피가 점점 차가워지고 있다는 것을 느낀다. 어쩌면 오늘도 집 주위만 빙빙 돌다 아침을 맞이할지도 모른다. 하지만 나는 알고 있다. 밤 외출시간이 점점 길어지고 있다는 것을 말이다. 바람이 세차게 불어 온몸을 밀어댄다. 나를 바꾸기 위해서는 좀 더 용기가 필요할 것이다. 집을 뒤로하고 한 발짝씩 앞으로 나갈 때마다 기분은 늘 묘하다. 집을 떠나면 발밑의 땅이 사라질 것처럼 불안하다. 하지만 가슴에 맺힌 덩어리가 녹아버리는 것처럼 시원하기도 하다.

언젠가는 집을 떠나야 하지 않을까. 그래야만 한다. 날이 갈수록 집에 있기가 힘들다. 해가 떠 있는 낮은 특히 더 그렇다. 죽고 싶은 욕망은 언제나 가득했지만 죽을 용기는 나지 않았다. 동생 때문에라도 나는 하루빨리 집을 떠나고 싶었다.

남동생은 이따금씩 여자들을 데려왔다. 두터운 커튼 사이로 마당을 내려다보면 처음 보는 여자가 우리 집 마당을 걸어 다녔다. 보란 듯이 허연 맨살을 드러낸 채 햇볕을 마냥 쬐고 있었다. 나는 그런 여자들을 보면서 알 수 없는 질투심에 눈물을 떨어뜨렸다. 여자들이 꽃밭을 마구 밟고 다녀도 또 꽃잎을 한 장씩 떼어버려도 나는 아무것도 할 수가 없었다. 남동생은 내가 보고 있다는 것을 알면서도 여자들의 엉덩이를 주물렀다. 그러면 여자들은 자지러지듯 소리를 지르며 킬킬거렸다. 하지만 기껏해야 하룻밤을 함께 보낼뿐 그 누구도 이 집에서 함께 살려고 하지 않았다. 어쩌면 여자들은 누군가 노려보고 있다고 느꼈는지도 모른다. 남동생은 여자들에게 매달리며 빌어보기도 했다. 그때마다 함께 살자는 남동생의 말이 내 귀에 거슬렸다.

네가 떠나면 나는 괴물과 살아야만 해. 햇빛을 무서워하는 괴물 말이야. 남동생이 말했다. 그러나 여자들은 콧방귀만 뀌었다.

여자들이 떠나면 남동생은 1층 거실에 있는 오디오의 볼륨을 바짝 올리고 거칠고 야성적인 음악을 귀가 찢어지게 틀어놓았다. 내게 피를 뿌려줘. 제발 너의 피를 줘. 집 주변에는 빈 공터와 나무들뿐이라 조용히 하라고 항의하는 사람이 없다. 남동생은 일부러 음악을 쿵쿵 틀어놓곤 했다. 막상 자신도 귀를 틀어막는지도 모른다. 해가 떠야 잠자리에 드는 누나를 일부러 깨우려는 것이다. 하지만 나는 차라리 그런 음악 소리에 위안을 얻곤 한다. 그들의 음악에는 궁지에 몰린 이들의 절박한 감정이 담겨 있다. 굶주린 듯 헐떡이는 목소리가 내 뱃속에서 터져 나오는 것만 같았다. 특히 피를 달라고 외치는 마지막 부분에서 나는 마침내 전율하듯 온몸을 솟구치곤 했다. 어두운 다락방에서 보이지 않는 유령처럼 살고 있는 누나가 못마땅한 게다. 남동생은 내 약병이 바닥을 보인 지 오래되었다는 사실을 알고 있다. 나는 남동생이 나갔다 들어올 때마다 그의 손에 들려 있는 약병을 상상하며 괴로워했다. 남동생은 남은 유산을 여자들에게 썼다.

며칠 전 비가 내리는 날이었다. 한낮인데도 두터운 먹구름 탓에 밖은 어두웠다. 계단을 내려가다 화장실에서 나오는 남동생과 마주쳤다. 한집에 살면서 오랜만에 얼굴을 본 것이었다. 남동생의 얼굴은 술과 담배로 많이 거칠어져 있었다. 화들짝 놀라는 표정은 옛 모습 그대로였다. 나를 보자마자 남동생의 얼굴이 무섭게 일그러졌다. 아직 죽지 않았군. 나는 약이 다 떨어졌노라고 죄라도 지은 것처럼 떠듬거렸다. 그러자 남동생은 내게 마구 욕설을 퍼붓기 시작했다. 네 년의 약은 이제 없어. 네가 돈을 벌어서 사 먹으란 말이야. 남동생은 집이 부서져라 고함을 질러대며 나를 때리기라도 할 것처럼 위압적인 자세로 다가왔다. 나는 심한 현기증을 느껴 계단 위에 주저앉았다. 그때 남동생이 내게 외쳤다. 약이 없으면 나가서 피라도 빨아 먹지 그래. 아니면 그놈의 더러운 피를 몽땅 뽑아내던가. 남동생은 앉아 있는 내 발목 부근에 침을 뱉었다. 나는 비틀거리며 내 방으로 간신히 걸어갔다.

남동생은 이제 더 이상 나를 돌보려고 하지 않았다. 나쁜 일들이 나 때문에 일어났다고 생각하는지도 모른다. 술에 취한 남동생이 여자들에게 농담처럼 말하는 것을 종종 듣곤 했다. 이 집에는 괴물이 살고 있어. 깜깜한 밤에만 활개를 치고 다니는 괴물. 자고 있으면 너를 데려갈지도 몰라. 그렇게 말하면서 어둠 속을 흘깃거렸다. 그럴 때면 나는 진짜 괴물이 되어서 여자들 앞에 나서고 싶다는 생각을 하게 된다. 남동생은 집을 수리해서 공포체험의 장을 만들겠다는 터무니없는 사업계획을 세우고 있다. 저주받은 집에서의 하룻밤이란 제목으로 광고를 내겠다고 여자들에게 자랑스레 말하는 것을 들었다.

내 발걸음은 다시 집 밖으로 향한다. 저 멀리 골짜기에는 소나무와 떡갈나무들이 어둠 속에 형체를 감춘 채 웅성대고 있다. 몇 발짝 떨어진 곳에 서 있는 너도밤나무가 바람에 흔들리며 괴기스런 소리를 낸다. 주위엔 온통 어둠뿐이다. 밤공기 속에 눅진하고 야릇한 냄새가 감돈다. 내 심장이 심하게 요동치기 시작한다. 한 치 앞도 보이지 않는 어둠 속에서 누군가 나를 지켜보고 있는 것 같다. 차가운 바람이 한 움큼 불어와 얼굴을 때린다. 가슴이 서늘하게 얼어붙는다. 어둠을 두려워해서는 안 돼. 음산한 기운이 우물에서 나오고 있다.

남동생이 큰방으로 옮긴 것은 2층 제 방 창문에서 우물터가 보이기 때문일 것이다. 한때 우물은 우리 집의 자랑거리였다. 집 뒤쪽에서 우연히 발견하게 된 샘물은 신기하게도 바위틈에서 솟아나왔다. 샘물은 특히 나만의 불같은 갈증을 해소시켜주었다. 엄마와 나는 그 샘물이 우리들의 병을 치유할지도 모른다는 기대에 사로잡혀 있었다.

엄마는 차가운 우물물로 몸을 닦기 시작했다. 깊은 밤마다 찰박찰박거리는 물소리가 들렸다. 우물가로 가보면 어둠 속에 웅크리고 앉아 있는 엄마의 모습이 보였다. 내가 몇 번을 불러보았지만 엄마는 아무것도 들리지 않는 사람처럼 몸을 닦는 일에만 열중했다. 게다가 무슨 말인가를 중얼거렸는데 어쩐지 섬뜩한 느낌이 들었다. 나는 뒷걸음질을 치다 서둘러 방으로 올라가곤 했다. 엄마가 몸을 닦는 일을 끝내고 현관문이 닫힐 때까지 잠을 이루지 못했다.

그렇게 몇 달을 지낸 어느 날 밤이었다. 무슨 소리인가에 깜짝 놀라 잠에서 깨어났다. 심장은 북을 치듯 심하게 울렸다. 창문으로 커다란 보름달이 보였다. 나는 알 수 없는 무서움에 이가 부딪힐 정도로 떨었다. 어둠을 뚫고 계단을 하나씩 내려갔다. 엄마를 찾았지만 엄마는 그 어디에도 없었다. 거실에서 무슨 소리가 들렸다. 나는 삐걱거리는 계단을 내려가 거실 전등을 켰다. 엄마는 보이지 않았다. 대신 거기엔 허겁지겁 물을 마시고 있는 남동생이 보였다. 남동생은 컵을 내려놓고는 아무 말 없이 내 곁을 스쳐 지나갔다. 남동생의 손에 붉은 피가 묻어 있었다. 머리칼이 쭈뼛 서며 오싹한 기운이 들었다. 나는 그 순간 조금도 움직일 수가 없었다. 팔과 다리가 꽁꽁 묶인 것만 같았다. 머릿속으로는 엄마를 빨리 찾아야 한다고 생각했다. 하지만 손가락 하나 까딱하기가 힘들었다. 목덜미에 숨결 같은 작은 일렁임이 느껴졌다. 그것은 이상하고 섬뜩한 공포로 변해 나를 짓눌렀다. 입안이 바짝 마르고 목이 타내려가는 갈증이 났다. 나는 거실 한복판에 쓰러지듯 주저앉았다.

잠이 들었던 모양이었다. 아침 햇살 때문에 얼굴이 빨갛게 부푼 것도 몰랐다. 잠에서 깬 남동생이 서둘러 나를 방으로 데려갔다. 잠시 후 남동생은 엄마의 시신을 발견했다고 말했다. 엄마는 속옷도 입지 않은 상태로 우물에 빠져 숨을 거두었다. 엄마의 몸은 푸르스름하면서도 검붉은 이끼 같은 것으로 뒤덮여 있었다. 마치 하나의 커다란 곰팡이와도 같았다. 시신이 심하게 부패한 것처럼 보일 정도로 엄마의 피부병은 최악의 상태였다.

응급 구조대와 경찰관들이 들이닥쳤다. 그들이 내게 여러 가지 질문을 했지만 나는 아무 말도 하질 못했다. 엄마의 몸에 핀 곰팡이가 문제였다. 전염병일 수도 있다면서 우물의 수질까지 검사했다. 제복을 입은 경찰관이 우물가에서 혈흔이 발견되었다고 알려왔다. 형사는 한 방울의 피라도 중요한 단서가 된다고 했다. 그럼, 더러운 피를 깨끗한 피로 바꿀 수도 있나요? 내 엉뚱한 물음에 형사는 고개를 갸우뚱하더니 어깨만 으쓱거렸다.

우물가에서 발견된 혈흔은 엄마의 피로 밝혀졌다. 형사들은 엄마의 죽음을 자살로 마무리 지었다. 남편의 가출과 희귀한 피부병으로 심한 우울증에 빠졌다가 일을 저질렀다고 보고서를 제출하면서 사건은 종결되었다. 남동생은 입술을 굳게 다문 채 담담히 모든 일을 처리해나갔다.

남동생은 그날 이후 점점 더 나를 괴롭혔다. 엄마의 몸이 다섯 토막으로 잘려져 있었어. 엄마를 처음 발견했던 남동생은 당시의 모습을 제멋대로 묘사했다. 다음 날엔 엄마가 눈을 부릅뜬 채 내

심해어

방 창문을 노려보고 있었다고 말하기도 했다. 먹구름이 잔뜩 낀 하늘에서 끊임없이 비가 쏟아지던 날엔 우물이 엄마의 새빨간 피로 철철 넘쳐흘렀다고도 했다. 그날은 온종일 비가 핏빛으로 보였다. 엄마는 우물을 기어 나오기 위해 몸부림치느라 손톱이 다 빠졌단 말이야. 남동생은 기분 내키는 대로 지껄여댔다. 그 당시 나는 남동생이 악몽에 시달리고 있다는 것을 알고 있었다. 밤마다 살려달라는 엄마의 목소리가 들린다는 말은 진심이었을 것이다. 내겐 남동생의 한 마디 한 마디 말이 그대로 눈앞에 그려져 머릿속을 떠돌아다녔다. 마치 벗어날 수 없는 지도처럼.

누나의 원죄가 뭔지 알아? 누난 그 더러운 피를 물려받았다는 거야. 하지만 난 무슨 죄가 있지? 깨끗한 나는 도대체 무슨 죄로 이렇게 살아야 하는 거야?

우물가에 쭈그려 앉자 저절로 한숨이 나왔다. 우물 안에는 다른 세상으로 가는 문이 있는지도 모른다. 엄마의 피부병은 죽음을 맞이함으로써 멈출 수 있었다. 나 또한 마찬가지일 것이다. 살아 있는 동안엔 절대로 내 몸 안의 지도에서 벗어날 수 없을 것이다.

빨간색 구두를 만져본다. 눈을 감으면 엄마의 메마른 두 손이 내 발목을 휘어잡을 것만 같다. 엄마는 그날 밤 맨발이었다. 우물에 몸을 기댄 채 눈을 감는다. 엄마의 원피스를 입고 구두를 신으면 엄마가 나를 만나러 올지도 모른다고 생각했던가. 한순간 눈을 뜨고 우물 안을 들여다본다. 아릿한 피비린내가 진동한다. 우물 안은 빨간 피로 가득하다. 엄마의 립스틱처럼 그리고 구두처럼 새빨간 피가 샘솟고 있다. 더러운 피가 내 몸에 닿기라도 할까봐 얼른 뒷걸음질 친다. 나는 정신없이 집으로 뛰어 들어간다. 오들오들 떨면서 방문 앞에서 귀를 기울여본다. 남동생의 코 고는 소리가 들리자 그제야 마음이 놓인다. 내가 할 수 있는 일은 아무것도 없다. 다시 용기를 내 집 밖으로 나간다. 그리고 우물 가까이로 다가간다. 우물 안은 고요하다. 이 밤처럼 검은 바람만이 들락날락할 뿐이다.

나는 우물을 떠나 좁은 길로 걸어가기 시작한다. 해괴한 꿈에 시달린 것처럼 몸이 녹초가 된 듯하다. 하지만 어둠이 내 몸을 어루만져주고 떠받쳐준다. 나는 마치 공중에 두둥실 떠가는 것처럼 중력을 느끼지 못한다. 아무리 그믐밤이라지만 내 눈에는 모든 것들이 어슴푸레하게 보인다. 길가에 서 있는 나무들의 살갗을 쓰다듬어본다. 맑은 밤공기 때문인지 조금씩 기분이 좋아진다. 집을 떠나 이렇게 멀리까지 혼자 나온 것은 처음이다. 좁은 오솔길에 돌멩이들이 많아 여러 번 넘어질 뻔한다. 그렇게 얼마를 걸어왔는지 가늠하기 힘들다.

저 멀리 불빛이 보인다. 술에 취한 것처럼 자꾸만 웃음이 나오고

걸음이 비틀거린다. 이렇게 멀리 나올 수 있다는 것에 무척 고무된다. 한 사발의 피를 마시며 생명을 연장시켰다는 왕의 기록이 떠올랐다. 네온사인이 환하게 켜진 거리로 들어선다. 가슴 밑바닥에서 치솟는 갈증이 내 혀와 입술을 태워버릴 것만 같다.

나는 편의점으로 들어가 생수 한 병을 집어 든다. 편의점 앞에서 생수를 단숨에 마셔버린다. 아무도 나를 자세히 보지 않는다. 편의점 앞을 떠나 거리로 나선다. 천원김밥, 영란할인마트, 남포바지락 칼국수, 비와이씨할인점. 문 닫힌 상점들의 간판이 눈에 들어온다. 조금 걸었을 뿐인데 또다시 갈증이 밀려온다. 도로에는 이따금 자동차들이 빛을 뿌리며 지나간다. 거리에는 고양이들만 어슬렁거리고 밤하늘은 새까맣다. 집을 떠나 너무 멀리 왔다는 생각에 겁이 덜컥 난다. 무엇보다 나는 약이 필요하다. 불쑥불쑥 치솟는 구토와 창자가 배배 꼬이는 피부 통증을 없애기 위해서 무슨 짓이라도 해야겠다는 생각이 든다. 악성빈혈 환자처럼 쉼 없이 찾아오는 어지럼증은 내 정신을 흔들어놓기 시작했다. 나는 비틀거리며 걷다가 셔터가 내려진 행복약국 문 앞에 쭈그려 앉는다. 집을 떠나고 보니 이상하게도 삶에 대한 집착이 강해진다.

밤바람이 살며시 불어온다. 길가에 떨어진 비닐봉지가 바람에 들썩이다 저만치 날아간다. 날아간 비닐봉지가 무엇인가에 걸려 멈춘다. 비닐봉지가 멈춘 그곳엔 구두가 있다. 구두의 코끝이 밤하늘을 향하고 있다. 나는 벌떡 일어선다. 다가가자 검은 양말에 검은 구두가 신겨진 발이 보인다. 어두운 골목 안에 양복 입은 남자가 쓰러져 있다. 잠을 자는 것인지 기절한 것인지 알 수 없다. 옆에는 서류가방이 활짝 열어젖혀져 있고, 호주머니에서 떨어진 듯 담배와 수첩이 흐트러져 있다. 자세히 보다 나는 화들짝 놀란다.

피다. 남자의 이마에 검붉은 피가 엉겨 있다. 피를 보니 새빨갛게 물들어 보였던 우물이 떠오른다. 다리에 힘이 빠지고 손이 달달 떨린다. 남자는 이미 죽었을까. 나는 남자 옆에 바싹 다가선다. 그의 몸에서 역한 술 냄새가 진동한다. 썩은 술독에라도 빠졌던 것처럼 지독한 냄새다. 남자의 가슴에 떨리는 손을 살며시 얹어본다. 남자의 심장은 빠르게 뛰고 있다. 머리에서 피가 흐르고 있지만 아기처럼 너무도 잘 잔다. 그의 숨소리를 듣고 있자니 나도 옆에서 잠을 자고 싶을 정도다. 둔기에 머리를 맞은 것일 수도 있고, 술에 취해 머리를 부딪친 것일 수도 있다. 어쩌면 남자의 상태는 응급치료를 받아야 할지도 모른다. 나는 주위를 둘러본다. 어디에 병원이 있는지 알 수 없다. 길가에 늘어선 상가들을 죽 훑어본다. 네온사인 하나 켜 있지 않은 건물들은 텅 빈 깡통처럼 쓸모없어 보인다.

나는 남자에게 바투 다가앉는다. 몸을 굽혀 남자의 이마에 흐르고 있는 피를 한 방울 손가락에 묻힌다. 이 한 방울의 피에는 어떤 지도가 담겨 있을까. 갑자기 남자에 대해서 궁금해진다. 짙은 회색 양복은 어둠을 흠뻑 빨아들여 무겁고 축 늘어져 보인다. 하얀색 와이셔츠에 남색의 밋밋한 물방울 넥타이를 맨 남자는 어느 정도 나이가 들어 보였다. 아침 해가 솟아오르면 이 남자는 옷을 털고 일어나 어디로든 걸어갈 것이다. 나는 남자의 피를 상상해본다. 남자의 몸을 따듯하게 흐르고 있는 건강한 피.

갑자기 가슴이 쿵쿵 뛴다. 나는 손가락에 묻은 한 방울의 피를 원피스에 문지른다. 어서 남자로부터 벗어나야 한다는 생각만 머릿속을 차지한다. 나는 무작정 거리를 걷는다. 차가운 밤바람이 원피스 자락을 휘날린다. 맨살에 감겨오는 촉감이 선뜩하다. 거리엔 아무도 없다. 밝은 대낮에 거리를 걸으면 어떨까. 남동생이 데리고 왔던 여자들처럼 햇볕 속에서 꽃밭을 거닐고 싶었다. 해를 마주 볼 수 있다는 건 얼마나 축복받은 일인가. 눈부신 햇빛 속에서 아이스크림을 먹으며 맨살을 드러낸 채 거리를 걷고 있는 나를 상상해본다. 내 삶의 목적은 그것뿐이다. 가족의 건강을 기원하는 무수한 시민들처럼 단순한 것이다.

발길 닿는 대로 휘적휘적 걸음을 옮긴다. 주위를 둘러보니 텅 빈 도로를 건너 편의점에만 불이 켜져 있다. 드나드는 사람은 눈에 띄지 않는다. 점원은 잠이 들었는지 계산대 뒤에 엎드려 있다. 나는 길가 보도블록에 쭈그려 앉는다. 내 몸의 피가 뜨거워지는지 맥박이 점점 빨라진다. 달빛이 없는 그믐밤은 음산하면서도 장중한 분위기를 자아낸다. 나는 어둠 속에서 빛을 발하며 생생한 기운을 느낀다. 어떻게든 살아가야 한다고 지나가는 바람이 속삭인다. 내 머릿속엔 온통 쓰러진 남자 생각뿐이다.

그 남자가 아직 그곳에 있는지 궁금하다. 그새 가버렸을까봐 마음이 조급해진다. 나는 정신없이 뛰기 시작한다. 저 멀리 남자의 구두가 보인다. 안도의 한숨이 절로 나온다. 숨을 몰아쉬면서 엄마를 생각한다. 꽃무늬 원피스를 입고 빨간 구두를 신었던 엄마의 모습을 떠올려본다. 천천히 그리고 조심스럽게 쓰러진 남자 곁으로 다가간다. 어둠 속에서 나는 남자의 머리를 들어 올린다. 쓰러진 남자의 머리는 바윗덩어리처럼 무겁다. 뜨겁게 돌고 있는 피가 느껴진다. 망설이다 나는 남자의 이마께를 핥는다. 솟구치는 메스꺼움에 두 눈이 뒤집혀지는 듯하다. 순간 울컥대는 구토증이 일어났지만 애써 내 몸에 피를 받아들인다. 나는 남김없이 피를 핥아 먹는다.

느닷없이 남자의 몸이 꿈틀거린다. 혀 잘린 짐승처럼 억눌린 비명을 내지르던 남자가 눈을 크게 뜬다. 한순간 남자와 눈이 마주친

다. 신음 소리를 내던 남자가 무슨 말을 하려 한다. 남자는 일그러
진 표정을 지으며 내게 무언가를 호소한다. 아무 말 없이 계속 쳐
다보자 남자가 미간을 찌푸린다. 그러다가 별안간 남자는 놀란 표
정으로 내 입술을 쳐다본다. 어둠 속에서도 빨간 피가 보였던 모
양이다. 나는 손등으로 입술을 훔치며 남자를 주시한다. 남자는 한
손으로 머리를 감싸 쥐며 일어나기 위해 애를 쓴다. 하지만 몸이
말을 듣지 않는지 계속 끙끙대며 버둥거리기만 한다.

아아, 제기랄.

남자는 물에 빠져 허우적대는 사람처럼 손을 뻗대더니 나를 밀
친다.

뭐야, 피가 나잖아.

남자가 자신의 이마를 손바닥으로 덮는다. 그러나 내 눈에는 오
직 샘물처럼 솟아나 손가락 사이로 넘실거리는 피만 보인다. 영화에
나오는 뱀파이어들처럼 나 역시 초인의 힘을 지니고 있을지도 모
른다는 생각이 순간 든다. 나는 이를 드러내며 남자에게 달려든다.

뭐야, 미친 여자 아냐.

남자가 달려드는 나를 가볍게 제지한다. 남자는 힘들이지 않고
나를 밀었고 나는 단번에 나가떨어진다.

남자가 비틀거리며 상체를 일으켜 담에 등을 기댄다. 이 미친 여

자가. 남자는 주머니를 뒤적이며 휴대폰을 찾는다. 이 미친 여자가. 남자는 휴대폰을 찾으면서 계속 중얼거린다.

나는 뒷걸음질 친다. 빨리 어둠이 몰려와 내 몸을 감추었으면 좋겠다는 생각을 한다. 야, 너 거기 안 서. 남자가 외친다. 마음과는 달리 발걸음이 무겁다. 남자가 등을 기댄 채 일어선다. 납덩이처럼 무거운 발을 들어 뒤로, 뒤로만 움직인다. 남자가 무어라 욕설을 내뱉는다. 아직 정신을 제대로 차리지 못했는지 다행히 쫓아오진 않는다.

새까만 어둠 속에 희미한 빛이 조금씩 섞여 들고 있다. 내 발걸음은 점점 빨라진다. 큰길로 나오는 순간 트럭 한 대가 경적을 울리며 바람처럼 지나간다. 해가 떠오르기 전에 내 방에 들어가 몸을 길게 누이고 싶다. 팔과 다리를 가지런히 뻗고 깊은 잠에 빠지는 상상을 한다. 잠을 잘 때만은 내 주위에서 환영들이 사라진다. 나만의 고요한 평화를 맞이하는 시간이다. 갈증 때문에 내 몸이 활활 타오르는 것만 같다. 머릿속은 쏟아진 성냥갑마냥 뒤죽박죽이다. 길가의 나무들이 검푸르게 모습을 드러내기 시작한다. 맑고 차가운 새벽 공기에 비릿한 피 냄새가 실려 온다. 아마도 내 몸에서 풍기는 냄새일 것이다. 생생한 꿈을 꾸다 만 것처럼 몽롱한 기분이다.

집은 여전했다. 덫에 걸려 죽은 들짐승처럼 여전히 웅크리고 있었다. 나는 볼에 묻어 있는 피를 혀로 핥는다. 그러나 아무런 맛도 나지 않는다. 묻어 있던 피는 말라비틀어져 부스러기가 되어 땅바닥으로 힘없이 떨어진다. 현관문을 열고 들어선다. 남동생의 신발이 가지런히 놓여 있는 게 보인다. 희미하게 동이 터온다. 어둠이 옅어지고 있다.

나는 거실로 가서 동생이 자주 듣는 음악을 크게 켠다. 볼륨을 최대한 올리자 피를 원한다는 노랫말이 거실 전체를 떠돌아다닌다. 벽과 천장에 부딪쳐 밖으로 나가지 못한 글자들이 부서졌다 다시 나타나는 게 보인다. 언제 나왔는지 동생이 뭐라고 소릴 지르며 서 있다. 그러나 거실을 가득 메운 노랫말 때문에 동생의 소리는 조금도 들을 수 없다. 동생이 성난 얼굴로 오디오에 다가가 전원을 꺼버린다. 순식간에 소리들이 자취를 감춘다. 작은 빛에도 순식간에 사라지던 환영처럼.

동생이 다가와 내 빰을 때린다. 나는 바닥으로 쓰러진다. 코에서 약간의 피가 흐른다. 나는 혀를 길게 내밀어 피를 맛본다. 나쁜 맛이다. 조금 전에 맛본 남자의 피 맛과는 달리 지독히도 나쁜 맛이다. 동생의 말처럼 맛이 없고 썩었다.

그렇지 않아도 널 위해 준비한 게 있어.

동생은 그렇게 말하고 방에 들어가서 무언가를 끌고 나온다. 나무로 만든 커다란 십자가와 밧줄이다.

간단한 화형식을 치를 거야. 우선 너를 십자가에 묶은 다음 마당에 세울 거야. 불을 지필 나무도 필요하지 않아. 기름을 뿌릴 필요도 없고 말이야. 넌 햇빛 아래 그냥 묶여 있기만 하면 돼. 너는 서서히 타들어가겠지. 악인은 지옥으로. 간단한 공식이지.

동생은 십자가를 바닥에 누인 다음 밧줄을 들고 나에게로 다가온다. 백지처럼 아무런 표정도 없는 담담한 얼굴이다. 동생이 힘주어 내 옷을 찢는다.

제대로 타려면 옷은 거추장스럽지 않겠어?

도망치려 하지만 우악스런 동생의 힘을 당할 수 없다. 벌써부터 온몸이 햇빛에 타들어가는 것만 같다. 살갗마다 소름이 일어났고 차갑게 일어난 소름 아래에서 화산 같은 뜨거운 열기가 핏줄을 타고 흐른다.

미쳤어. 내가 말한다.

미친 건 너야. 동생이 말한다.

누더기 같은 옷이 힘없이 찢긴다. 허물을 벗고 나오는 것처럼 옷이 찢겨지는 틈을 통해 몸만 빼내 큰방으로 뛴다. 한 손에 찢어진 옷을 쥐고 동생은 실없다는 듯이 웃는다. 동생은 옷을 내던지고 밧줄을 쥔 채 천천히 걸어온다.

심해어

나는 벽에 걸려 있던 십자가를 집어 든다. 생각보다 묵직하다. 은도금이 된 예수는 아무런 표정이 없다. 이 사실을 아는지 모르는지. 어두운 방 안으로 동생이 천천히 걸어오고 나는 십자가를 허리 뒤로 감춘다. 죄인은 오라를 받아라. 동생이 재미있다는 듯이 밧줄을 흔들어 보이며 소리 지른다. 어쩐 일인지 그런 동생이 가련하게만 느껴진다. 젖이라도 물리고 싶은 생각이 든다. 동생이 다가와 바로 앞에 서자 나는 있는 힘껏 십자가로 동생의 머리를 내리친다.

어.

십자가의 모서리가 동생의 머리에 박혀 잘 빠지지 않는다. 동생은 계속해서 영문을 모르겠다는 듯한 표정이다.

어.

발로 동생의 몸을 밀치자 십자가가 동생의 머리에서 쉽게 빠진다. 폭죽처럼, 분수처럼, 불꽃놀이처럼 피가 뿜어져 나온다. 동생은 무릎을 꿇는다. 손으로 피가 나오는 곳을 막으며 다시 일어나려 한다. 나는 일어나려고 안간힘을 쓰는 동생의 머리를 다시 한 번 내리친다. 동생의 머리가 바람에 흔들리는 나뭇가지처럼 크게 일렁인다. 내 몸 어디에서 그런 힘이 솟아나는 걸까. 어쩌면 나는 진짜 뱀파이어인지도 모른다. 동생은 벗어놓은 외투처럼 축 늘어진다. 이번에는 의식을 잃은 듯 숨소리마저 희미하다. 동생의 부풀어 오른 머리에서 새로운 피가 흘러내린다.

나는 허겁지겁 달려들어 흐르는 피를 입으로 빨아 먹는다. 그것은 어미젖 같다. 나는 눈을 감는다. 그것은 피가 아니라 엄마의 초유 같다. 나는 눈조차 뜨지 못한 아기가 되어 어미젖을 마냥 빨고 있다. 내 볼이 힘차게 빨아들일 때마다 내 젖가슴은 흔들려 동생의 입술을 건드린다. 그러나 동생은 아무런 반응도 없다. 자주 그랬던 것처럼 동생은 백지처럼 아무런 색깔도 없는 얼굴이다.

창밖으로 동이 터오고 있다. 어두웠던 방 안의 사물들이 조금씩 제 색깔을 보인다. 배부르게 마신 나는 동생을 안고 몸을 벽에 기댄다. 서늘한 벽의 온도가 등을 타고 온몸으로 흐른다. 자장가를 부르고 싶지만 아무런 노래도 떠오르지 않는다.

다시금 환영들이 나타났지만 사방에서 어지럽게 날아다니던 환영들은 환하게 타오르는 햇빛에 하나, 둘 증발한다. 그러자 잠이 온다. 죽음보다 깊은 잠에 빠지고 싶다는 생각을 한다. 한편으론 밖으로 나가고 싶다는 생각도 한다. 창문을 타고 넘은 햇빛은 이제 내 발아래까지 넘실거린다. 햇빛을 받은 십자가가 환한 빛으로 둥실 떠오른다. 어쩌면 밖으로 나가기도 전에 쓰러져 잠이 들지도 모른다. 땀 때문에 온몸이 젖은 빨래처럼 축축하고 무겁다. 졸음이 한순간 내 발을 묶어버린다. 나는 동생에게 젖을 물렸지만 동생은 입술을 벌리지 않는다. 뜨거운 햇빛에 내 살갗은 홀홀 타들어갈까, 아니면 보송보송해질까. 환한 아침 해가 무거운 밤을 서서히 밀어 내고 있다.

여름이 가기 전에
해야 할 일 세 가지

남자와 여자는 전시회를 보고 나왔다. 전시 작품은 동유럽 출신의 유명 조각가의 것이라 했다. 남자로서는 이해하기 힘들었다. 휴가철이었고, 도시는 거의 비어 있었다. 뜨거운 공기는 바위처럼 묵직했다. 남자는 약간의 짜증과 피로를 느꼈다.

─자기 취향 아니었지? 그래도 에어컨 때문에 시원했잖아?

여자가 말했다.

─차라리 더위에 쓰러지는 게 낫겠다.

남자가 전시실 입구를 뒤돌아보며 말했다.

─미안해.

─됐어.

남자와 여자는 커피를 한잔 마실까 아니면 지하철을 타러 갈까 잠시 망설이던 중에 K와 J를 만났다. J는 여자의 고등학교 동창이었고 K는 J의 약혼자라고 했다. 남자는 J를 보자마자 한눈에 반했다. J가 서 있는 것만으로도 100점 만점에 100점을 줄 것 같았다. 아름다움을 창조한 신에게 경배를. 남자는 J를 보면서 어떻게 저런 미인이 K 같은 사람과 결혼을 하려는지 알 수 없었다. 진짜 복도 많지, 남자는 J의 아버지뻘로 보이는 K를 보면서 생각했다.

그들은 근처에 있는 카페로 갔다. 카페는 꽃집과 겸업을 하고 있었다. 꽃향기와 커피 향이 섞여 남자는 머리가 조금 아팠다. 여자와 J는 아메리카노를, 남자는 맥주를 주문했고 K는 시나몬이 들어간 커피를 주문했는데 남자로서는 처음 듣는 이름의 커피였다. 웃기는군. 폼 좀 잡겠다, 이거지. 남자는 속으로 중얼거렸다.

K와 J는 대형 마트에서 운영하는 미술 강좌에 함께 다닌다고 했다. 그 강좌는 남자도 잘 아는 강좌였다. 아는 선생을 통해서 강사로 나가려 했으나 유학을 다녀온 후배에게 강사 자리를 뺏긴 적이 있었다. 학교도 아니고 말이야, 고작 아마추어들 상대로 하는 취미반 선생 자린데 말이지. 남자의 아는 선생이 미안하게 되었다며 전화로 해준 말이었다. 바닷물이 우물 안에 고여 있는 물과 섞일 수 있나요. 남자는 그렇게 말했지만 속이 쓰렸다.

─가르치는 김 선생 잘 알죠. 그 자식 여자 되게 밝히는데.

남자가 말하자 J가 웃었다. 이른 오후였지만 어쩐 일인지 맥주가 잘 받았다. 남자는 한 병을 다 비운 뒤 다른 종류의 맥주를 한 병 더 주문했다.

K와 J는 전시회를 보러 가는 길이라고 했다.

─전문가 입장에서 말하자면 그리 추천할 전시회는 아닙니다.

남자가 말했다. 그러자 여자가 거들 듯이 말했다.

─이이도 지금 전시회 준비 중이야.

K가 작업에 대해 묻자 남자는 설명해주었다.

─흔히들 말하는 명화들의 일부분을 빼서 뒤섞는 작업입니다. 예를 들자면, 하나의 캔버스에 고흐의 「해바라기」 일부와 「모나리자」의 미소와 「아비뇽의 처녀들」 다리 일부와 달리의 「시계」 일부 등을 한꺼번에 집어넣는 일입니다.

─원작의 의미와는 상관없이 말입니까?

K가 물었다. 전공자도 아니고 동호회 수준이면서 주제넘게 아는 척은. 남자는 빈 맥주병을 바라보며 생각했다.

─의미란 게……, 의미 있는 일이란 게 뭔가 싶네요.

새로 주문한 맥주가 나왔고 여자와 J는 학창 시절 친구 이야기를 나누었다.

남자에게 전시회는 두 번째였다. 첫 번째 전시회는 지난해 겨울에 있었다. 햇빛은 초라했고 또 얼마나 추웠는지 숨을 쉬면 면도날이 콧구멍 안으로 슬금슬금 들어오는 것 같았다. 그간 준비한 자신의 독창적인 그림들로 전시를 가졌지만 지인들 외에는 아무도 찾지 않았다. 지인 중에는 원시인이 그린 암각화 같다는 감상을 남긴 사람도 있었다. 일반인은 아무도 오지 않았다. 온전한 관람객은 남자 자신뿐이었다. 전시 기간 일주일 내내 남자는 외로웠다. 처음엔 분노가 일었지만 차츰 분노도 느껴지지 않았다. 바람처럼 잠시 불었다가 사라질 뿐이었다. 분노 다음엔 알 수 없는 웃음이 터져 나왔다. 주말이면 사람들과 기자들이 올지 모른다는 헛된 희망도 가졌지만 그마저 스쳐가는 바람에 불과했다. 스스로도 한심한 것은 텅 빈 전시실에 있으면서 사람들로 붐비는 망상을 하는 자신이었다. 사람을 아프게 하는 것은 그 무엇도 아닌 희망이라고 남자는 생각했다.

남자의 전시실을 주기적으로 방문한 것은 사람이 아니라 피아노 소리였다. 오후 두세 시면 어김없이 피아노 소리가 들려왔다. 처음에 남자는 인근에 피아노 교습소가 있나 생각했지만 그 어디에도 피아노 교습소는 없었다. 한 시간가량 휘적거리며 느리게 찾아온 피아노 소리는 빈 전시실을 떠돌다가 사라졌다. 남자가 분노에 젖어 있을 때는 피아노 소리마저 짜증이 났다. 그러나 모든 바람이 사라졌을 때 남자는 피아노 소리에서 약간의 위로를 받았다. 어떤 곡인지 알 수 없었지만 슬프지도 기쁘지도 않은, 설명할 수 없는 감정을 받았다. 저 피아노 소리에는 분명 뭔가가 있군. 남자는 전시실 밖으로 나가서 피아노 소리가 나는 곳을 찾았지만 골목 안 어디에선가 들린다는 사실만 확인했을 뿐 정확히 어디인지 알 수 없었다.

전시회 마지막 날 남자는 피아노 소리가 들려오기 3, 40분 전부터 전시실 밖에서 서성였다. 한적한 길이었고 소리 없는 햇빛만이 머물고 있었다. 누군가가 피아노를 배우러 간다면 이 길을 지나갈 것이라고 남자는 생각했다. 늙은 남자와 팔짱을 끼고 가는 젊은 아가씨 외에는 아무도 지나가지 않았다. 젊은 아가씨는 커다란 선글라스를 끼고 있었는데 마치 늙은 남자와의 부적절한 데이트를 감추려는 것 같은 인상이었다. 도도하게 고개를 꼿꼿이 세우고 걷지만 어딘가 어색한.

그 두 명 외에는 아무도 지나가지 않았다. 피아노 소리가 들릴 시간이 거의 다 되자 남자는 전시실 안으로 들어갔다. 그리고 잠시 후 여느 때처럼 피아노 소리가 들려왔다.

졸업하고 광고회사에 취업했더라면 이런 비참한 전시회를 가지지 않았을지 모른다. 아니 초등학교 때 재능 있다는 미술학원 선생의 말 한마디만 아니었어도 이런 수모를 당하지 않았을지 모른다. 재능이 아니라 저주다. 뭐가 달라졌을까. 직장을 다녔다면 뭐가 달라졌을까. 아무것도 달라진 게 없을지도 모른다. 어차피 죽으면 월급명세서나 자신의 그림이나 똑같을 것이다. 대체 누가 월급명세서 따위를 감상한단 말인가. 대체 그 누가 있어 암각화보다 못한 그림을 감상한단 말인가.

피아노 소리는 잠시 끊겼다가 다시 이어졌고 남자는 빈 전시실에서 끊겼다가 이어지는 피아노 소리를 들었다.

한 시간가량이 지나고 더 이상 피아노 소리가 들리지 않자 남자는 다시 전시실 밖으로 나갔다. 오가는 사람은 여전히 없었다. 겨울철의 초라한 햇빛만 머물러 있을 뿐이었다. 그러다가 골목 안에서 조금 전에 지나갔던 늙은 남자와 선글라스를 낀 젊은 아가씨가 팔짱을 낀 채 천천히 걸어오는 것을 보았다. 부근에 모텔이라도 있었던가. 남자는 아주 잠시 생각했다.

그때였다. 젊은 아가씨의 팔짱을 끼지 않은 다른 팔에 피아노 악보집이 안겨 있는 것을 보았다. 남자는 분명하다고 생각했다. 자신의 앞을 막 지나갈 때 공손히 다가가서 물었다.

—혹시 이 부근에서 피아노를 치셨나요?

남자가 묻자 젊은 아가씨는 머뭇거렸다. 대신 늙은 남자가 약간의 뜸을 들인 다음 대답했다.

—그렇소만.

남자는 전시실을 가리키며 말했다. 전시회를 하고 있는데 매일 피아노 소리를 잘 들었다고. 오늘이 전시 마지막 날이니 잠시 시간을 내서 그림을 보고 가면 좋을 것이라고. 그러자 늙은 남자가 난처한 듯 말했다.

—이 아이는 레슨을 받고 돌아가는 길입니다. 내 딸이지요. 그런데 내 딸은 앞을 보지 못합니다. 장님이지요.

어두운 선글라스가 희미하게 햇빛을 반사했다.

—볼 수 있으면 좋으련만.

—아. 그렇군요.

늙은 남자가 잠시 고개를 숙여 인사를 하고는 젊은 아가씨를 데리고 천천히 골목 밖으로 걸어 나갔다.

—저런, 그래서?

여자가 놀라서 묻는 소리에 남자는 정신을 차렸다. 여자가 J에게 묻는 말 같았다.

—유방암일까봐 엄청 겁났었지.

J가 말하자 여자가 고개를 끄덕였다. 잠시 딴생각을 한다고 대화

를 놓쳤지만 J가 유방암 문제로 병원에 오간다는 이야기인 것 같았다. 남자는 언젠가 지식 검색에서 보았던 짧은 글을 떠올리며 말했다.

—유방암은 수술하지 않는 게 좋아요. 전이될 암이라면 수술을 하더라도 전이될 테니까요.

—전문가 입장에서 보자면 꼭 그렇지도 않습니다.

남자의 말을 끊고 K가 말했다. 계피 냄새가 조금 났다. 전문가라니, 이 자식 누구 흉내 내나. 남자는 웃으며 물었다.

—의사라도 되세요?

남자가 묻자 K는 뒷머리를 긁으며 그렇다고 말했다.

—전공이 유방암입니다.

남자는 맥주를 마시고 트림을 아주 작게 뱉었다.

유방암 전문이라. 저 자식 여자들 가슴은 실컷 보았겠군. 남자는 다시 맥주를 마시기 시작했다. 첫 전시회 때 들은 피아노 음악이 흘러나왔고 여자와 J는 수다를 떨었다. K가 피아노 소리에 맞춰 탁자 위에 조용하게 손가락을 두들겼다.

—어릴 때 꿈은 의사가 아니라 화가였습니다.

K가 그렇게 말하자 남자의 입에선 자신도 모르게 하, 하는 탄식이 흘러나왔다.

남자는 여자에게 그만 일어나자고 말했다. 여자와 J는 연락처를 주고받은 뒤 가벼운 포옹을 했다. 그들과 헤어진 다음 남자와 여자는 집으로 갔다. 일곱 시가 넘었지만 해는 여전했고 노을이 온실 안의 조명등 같았다. 남자는 집 앞 편의점에서 맥주를 조금 더 샀다.

—폼을 너무 잡더라고.

계산대 앞에서 남자가 말했다.

—누구?

누구긴 누구겠어.

남자는 그렇게 말하고는 계산대 앞에 있는 주전부리 몇 개를 골랐다.

—폼이란 바싹 마른 낙엽과 같아서 보기는 좋지만 쉽게 부서지는 법이야. 안 그래?

—그래도 그렇지, 자기도 좀 심했어.

—심하긴 누가 심해? 그 자식 피아노 쳐본 적도 없을 거야. 괜히 폼만 잡는다고 탁자 위에 손가락 두들기는 것 봐. 그런 게 다 폼이지. 그저 여자들이란 요란한 폼에만 빠져가지고 좋다고 난리들이지.

—관두자, 관둬.

여자가 계산했고 편의점 직원이 히죽 웃었다.

집에 돌아오는 길에 여자가 당분간 어머니 집에 있을 거라고 말했다.

—자기가 원치 않으면 가지 않을 거야.

여자가 남자를 바라보며 물었다. 남자는 잠시 서서 이마에 흐르는 땀을 닦았다. 봉지 안에 있는 맥주캔이 서로 부딪치며 소릴 냈다.

남자는 여자의 어머니를 잠시 떠올렸다. 지독한 여자라고 남자는 늘 생각했다. 여자의 어머니는 한복집을 했는데, 여자의 아버지 장례식을 마친 바로 다음 날 아무렇지도 않게 가게 문을 열었다. 그러고는 마치 아무 일도 없었다는 듯이 한복 원단을 손님들에게 보여주었다. 그것도 아주 화사한 것들로.

그래, 어머니에게 축복을…….

그 일에 대해서 언젠가 여자가 남자에게 말했었다. 어머니가 한복집 문을 연 것은 일을 하고 한복을 보러 온 손님들과 정신없이 대화를 나누어야만 슬픔이 잊힐 것 같아서라고. 아무려나. 여자의 말을 듣고 남자는 그렇게 대답했었다.

여자와 남자는 아무 말 없이 집까지 걸었다. 동거를 시작할 무렵, 그때는 기대로 가득 찼는지 어땠는지 기억을 떠올리려 했지만 잘 생각나지 않았다. 사랑 때문에 동거를 시작한 것이었을까. 사랑이라니. 어차피 서로 안고 있는 것은 서로의 몸이다. 몸일 뿐이다. 동거를 시작한 지 6개월쯤이 지났을 무렵이었다. 자정이 지난 늦은 밤이었다. 여자가 샤워를 하러 들어갔고 남자는 컴퓨터가 있는 작은 방으로 갔다. 남자는 컴퓨터를 켜서 포르노를 다운받는 사이트에 접속했다. 남자가 포르노를 즐겨 보는 것은 거기에는 단지 몸밖에 없기 때문이었다. 그 안에서 정신적인 것들 따위는 필요 없다.

—안 잘 거야?

어느새 나왔는지 머리를 말리며 여자가 물었다.

—작업할 게 좀 남았어.

남자는 접속창을 닫은 뒤 컴퓨터 모니터만 바라보았다.

—저기……, 보려고 한 건 아닌데 컴퓨터에 포르노가 잔뜩 있더라.

여자의 말에 남자는 의자를 젖히며 말했다.

—내가 몇 번을 말해. 자료라고 말했잖아.

여자가 문틀에 몸을 기댔다. 남자가 여자를 흘긋 보았다.

—먼저 자. 난 할 게 있다니까.

—알았어.

여자가 침실로 들어갔고 남자는 새로 나온 포르노들을 다운받아 보았다. 누구나 성관계를 가질 수 있는 것처럼 누구나 그림을 그릴 수 있는 것이다. 남자는 몸과 몸들이 얽히는 포르노를 보면서 잠시 그런 생각을 떠올렸다. 문제는 그것이었어. 누구나 그림을 그릴 수 있다는 것. 젠장, 그림이란 건 원시인들도 그릴 수 있는 거잖아.

첫 번째 전시회 이후 남자는 우산 손잡이처럼 자신감이 점점 굽어졌다. 만일 자식이 생긴다면 무슨 일이 있어도 회사원이 되게 만들 것이다. 아니다. 자식 따위는 생각도 말자. 월급명세서 따위만 남기는 사람으로 키워서 대체 뭘 한단 말인가. 우산 손잡이는 비오는 날 사람들이 꼭 붙잡기라도 하지. 세잔이 살아 있을 때 동료화가와 평론가들이 그랬다지. 세잔에게 동조하는 것은 루브르 박물관에 불을 지르는 것과 같다고. 그러나 불행히도 남자는 세잔도 직장인도 아니었다. 그 무엇도 아니구나. 우산 손잡이보다도 못할 뿐이구나. 남자는 집 앞의 언덕을 오르면서 그런 생각을 했다.

현관에 도착했을 때 남자가 여자에게 물었다.

—넌 작업 포기했니? 몇 달째 붓 잡는 것도 못 봤다.

여자가 열쇠를 집어넣으며 말했다.

—당분간은.

여자는 좋겠다. 미대 나오고도 시집만 가면 되니.

남자가 문을 열고 들어갔지만 여자는 문 앞에 서 있었다.

—안 들어올 거야?

남자가 짜증 섞인 목소리로 말하자 여자는 들어왔다.

모기 잔뜩 들어왔겠다.

남자는 문을 소리 나게 닫았다.

그날 밤 자기 전에 문득 생각났다는 듯이 남자가 여자에게 물었다.

—K 말이야, 10점 만점에 몇 점 정도 되는 것 같아?

—8점 이상?

—그럼, 난 몇 점이야?

여자는 아무 말도 하지 않았다. 다음 날 아침 남자가 늦은 오전에 눈을 떴을 때 여자는 자신의 짐을 챙겨 떠나고 없었다.

남자는 아침 겸 점심을 차려 먹었다. 밥에 간장과 계란을 넣어 비볐다. 한 그릇을 비운 다음 남자는 마치 전시실처럼 텅 빈 집 안을 둘러보았다. 시간이란 무섭군. 남자는 생각했다. 헤아려보니 동거 기간은 10개월 정도였다. 남자는 커피를 내린 다음 라디오를 켰다. 커피를 마시며 창으로 가서 골목길을 바라보았다. 조용했다. 시계를 보았지만 몇 분 지나지도 않았다. 책을 읽으려 했지만 어쩐 일인지 같은 문장만 반복해서 읽고 있었다. 남자는 라디오를 끈 다음 알고 지내던 여자들에게 전화를 했다.

—너 어떤 여자랑 동거 중이라는 이야기가 들리던데.

여자들 중 한 명이 남자에게 말했다.

—지난 일은 지난 일일 뿐이야. 중요한 건 지금이야. 내가 전화

한 지금.

　—흠. 그러셔.

　통화 내용은 거의 비슷했다. 괘씸하군. 지가 김치만 먹고 있을 때 돈가스를 사준 게 누군데. 남자는 통화를 끝낼 때마다 중얼거렸다.

　결국 남자는 나에게까지 전화를 했다. 자신이 알고 있는 열두 명의 여자들에게 거절을 당하자 나에게까지 전화한 것이었다. 열등감은 자석과 같아서 서로 잘 잡아당기는 법이다. 남자는 그래도 나보다 나은 편이다. 두 번째 전시회까지 준비 중이라고 하니까. 나는 너무도 허무해서 더 이상 붓을 잡을 수 없었다. 하얗기만 한 캔버스를 볼 때마다 왜 그려야 하는지 이유를 찾을 수 없었다.

　어쨌든 우리는 동성로에서 삼덕동까지 눈에 띄는 술집마다 찾아다니며 술을 마셨다. 욕할 사람이 너무 많아 안주도 필요 없었다. 마지막 술집은 인디밴드의 공연이 이루어지는 곳이었다. 월요일 밤이어서 그런지 손님은 거의 없었다. 공연을 기대하고 간 건 아니었다. 맥줏값이 워낙 쌌기 때문에 우연히 간 것뿐이었다. 그러나 남자나 나나 공연에 반했다. 사실 음악성 뭐 그런 건 남자나 나나 잘 모른다. 우리가 반한 건 여성 보컬의 옷 아니 몸이었다. 남자 말로는 그런 옷이 있다고 했다. 마치 발가벗은 것 같은 착시를 불러일으키는 그런 옷. 특히 어두운 공연장에선 순간적으로 누드처럼 보인다는 것이었다. 하긴 남자의 말처럼 자세히 보니 보여야 할 음모나 유두가 보이지 않았다. 우리가 보기에 여성 보컬은 음악보다 마치 자신의 몸을 과시하려고 공연하는 사람처럼 보였다. 저런 몸이라면 평생 안고 지내고 싶어. 남자가 말했고 우리는 건배를 했다. 굉장해. 내 그림엔 관념만 있고 저런 몸이 없었던 거야. 남자는 신이 나서 지껄였다.

여성 보컬의 공연이 끝나자 남자는 사인을 받겠다며 뛰어갔다. 사인을 받은 다음 남자와 여성 보컬은 한동안 이야기를 주고받았다. 거기다 여성 보컬은 남자의 말에 가끔씩 웃기까지 했다. 젠장, 수드라 안에서도 또 꼴등이 있다니. 남자와 여성 보컬의 이야기가 길어지자 나는 남은 맥주를 마시고 술집을 떠났다. 시집가서 잘 살고 있을 전 애인에게 꼭 전화를 하고 싶었지만 나는 전화를 하지 못했다. 전 애인은 내가 그림으로 성공하길 바란다고 말했었다. 성공하지 않으면 만나주지 않을 거냐고 물었더니 그렇단다. 그리고 그게 그렇게 되었다. 진즉에 다른 친구들처럼 이 판을 떠났어야 하는 건데. 무슨 미련이 있다고. 거대한 질문 따윈 개나 주라지.

남자는 여성 보컬과 자주 만나게 되었다. 처음에 여성 보컬에게서 만나자는 연락이 왔을 때 남자는 다시 신에게 감사를 올렸다. 이왕이면 여자가 어머니 집에 오래 머물러 밀린 청소나 실컷 하게

여름이 가기 전에 해야 할 일 세 가지

해주세요.

여성 보컬은 정식 발매된 음반은 아니지만 자신의 밴드가 녹음한 CD를, 그리고 남자는 자신이 그린 그림을 선물했다. 여성 보컬은 남자에게 예술을 해서 다행이라고 했다. 정상적인 것엔 신물이 나요. 여성 보컬이 말했고 남자는 기뻤다. 일주일에 다섯 번을 만났다. 그리고 일곱 번째 만난 날 남자는 여성 보컬 집에까지 갔다. 함께 포도주를 샀다. 두 병을 묶어 판매하는 상품이었다. 캘리포니아산이었고 타닌 맛이 강한 포도주였다. 여성 보컬의 집은 여자아이들이 가지고 노는 장난감 집 같았다. 빨간색과 핑크색이 주를 이루었고 대부분의 가구며 집기들이 원색이었다. 여성 보컬은 집에 들어가자마자 문에 입을 맞추었다. 로버트, 집 잘 지켰니? 여성 보컬이 문에 대고 말했다. 여성 보컬이 남자에게 인사를 시켰다. 내 집을 지켜주는 로버트예요, 인사해요. 남자는 엉겁결에 손잡이를 잡고 악수를 했다. 여성 보컬은 집 안에 있는 물건들을 하나둘씩 남자에게 소개했다. 탁자는 마이클이라고 했다. 의자는 자매인데, 각자 신디, 수잔이라고 했다.

—난 집 안에 있는 물건들에게 이름을 붙이고 대화를 나누어요.

여성 보컬이 말했다. 시계는 마이클이었고 CD플레이어는 케빈, 작은 스피커는 형제인데 이름이 영과 데이비드라고 했다.

—요즘과 영과 데이비드는 서로 싸운 뒤로 사이가 좋지 않아요.

여성 보컬이 남자의 귀에 대고 작은 소리로 말했다.

—나를 두고 경쟁하는 것 같아요. 난 둘 다 좋은데, 멍청이들.

여성 보컬은 남자에게 다시 속삭이듯 말했다. 남자는 인사를 했지만 이름을 외우진 못했다. 그냥 여성 보컬에 맞춰주기만 했다. 여성 보컬을 안을 수만 있다면 이상한 버릇 따윈 아무 문제도 없다고 생각했다. 남자는 여성 보컬을 따라 물건들에게 말을 건넸다.

—안녕, 데이비드. 너 요즘 다이어트 중이구나. 너무 뺀 것 같은데.

남자가 그렇게 말해주자 여성 보컬은 기뻐했다. 남자와 여성 보컬은 신디와 수잔에 앉아 포도주를 마셨다. 남자가 마시는 와인잔 이름은 셜리라고 했다. 남자가 와인잔을 입에 대자 '셜리, 오늘 낯선 남자의 입술로 들어가니 설레지 않니?'라고 말했다.

자정이 막 지났을 무렵 두 병의 포도주가 모두 떨어졌다. 남자가 술을 더 사 오겠다고 말하자 여성 보컬은 너무 취해 칼과 함께 자야겠다고 말했다.

—칼? 칼이 누구지?

남자가 묻자 여성 보컬은 자신의 침대라고 했다.

—자긴 오늘 애슐리랑 자면 되겠네.

—애슐리? 그건 또 누구야.

여성 보컬은 소파를 가리켰다. 여성 보컬은 침실이 있는 문을 열고는 남자에게 잘 자라는 인사를 했다. 그러고는 문을 닫고 잠갔다. 남자가 문을 두드렸지만 여성 보컬은 안 돼요, 안 돼, 너무 늦었어요, 라고 말했다.

남자가 말했지만 소용없었다.

—문 좀 열어줘. 응? 나랑 조금만 더 이야기해.

남자가 문을 두들겼다.

—젠장, 이 문 이름은 뭐야.

문 너머 침실에선 여성 보컬의 잠에 취한 목소리가 흘러나왔다. 어쩔 수 없이 남자는 애슐리라는 소파에서 잤다. 애슐리는 가죽 냄새가 심했다. 정액 냄새가 안 나서 다행이군. 남자는 중얼거리다 잠이 들었다.

이른 새벽에 남자는 잠에서 깨 화장실로 갔다. 물을 내리고 여성 보컬이 자고 있는 침실 문 앞으로 갔다. 문을 두들기려다 안에서 들려오는 이상한 소리에 손을 멈추었다. 그 소리는 분명히 성관계를 맺을 때 나는 소리였다.

—아, 칼, 칼.

남자는 한동안 문 앞에 서 있었다. 더 이상 문을 두들겨봤자 소용없을 것 같았다. 두드려라, 그러면 열릴 것이라더니. 온몸에 힘이 나질 않았고 술기운에 머리가 아팠다. 남자는 가볍게 문을 치고는 여성 보컬 집을 나왔다. 문을 닫으면서 로버트에게 인사를 했다.

　—이름이 로버트라고 했나? 어쨌든 집이나 잘 지켜. 난 그만 갈 테니.

　남자가 문을 닫자 도어록에서 삐리릿, 하고 소리가 났다. 알았으니 그만 꺼지라는 듯이. 새벽이었고 거리는 텅 비어 있었다. 전시실 같았고 자신의 집 같았다. 간혹 쓰레기가 눈에 띄었고 선선했다. 하지만 10여 분 걷자 땀이 나기 시작했다. 남자는 여자에게 전화를 걸었지만 결번이라는 메시지만 들을 수 있었다. 남자는 밤새 걸어 여자의 어머니가 하는 한복집에 가보았지만 그 자리엔 식당이 대신 있었다. 발이 아팠고 지하철을 탔을 때는 이미 출근 시간이었다. 자신의 입에서 풍기는 술 냄새로 많은 사람들이 이맛살을 찌푸리는 것을 남자는 보았다.

　남자는 여름이 끝날 무렵부터 공장에서 일을 했다. 먼 친척의 소개로 들어간 일자리였다. 남자로서는 선택의 여지가 없었다. 두 번째 전시회를 열 수 있을 때까지만 버티자, 남자는 생각했다. 명작이라는 그림들을 얼마든지 분해하고 훼손하고 망가뜨려주마. 그때까지는 개가 되어도 좋아. 살아 있다는 증거를 남기고 싶어.

공장은 도시 서쪽 끝 공단에 있었는데 공단 안에서도 가장 외곽이었다. 면접 보러 가는 날 남자는 약품 냄새 때문에 머리가 어지러웠다.

―미대 나와서 잘 버틸 수 있을지 모르겠군.

면접관의 말에 남자는 말했다.

―저는 권리라는 단어의 뜻조차 모르고 살아왔습니다. 뭐든 맡겨만 주십시오. 자신 있습니다.

면접관은 남자의 독기 어린 눈빛에 반했고 그만하면 합격이라는, 마치 준엄한 재판관처럼 묵직한 통보를 내렸다. 면접관과 남자는 악수를 했고 다음 날부터 남자는 공장에서 일했다.

―이것이 2번 컴프레서다.

남자의 선임을 맡은 과장은 12년째 이 일을 한다고 했다.

―이것이 앞으로 네 애인이고 네 부모님이고 네 형제고 너의 몸이다.

눈썹이 짙고 광대뼈가 툭 튀어나온 과장은 마치 엄숙한 성직자처럼 남자에게 말했다. 남자 앞에 주어진 재료통들을 보는 순간 남자는 안료와 물감과 착색제를 떠올렸다. 절삭기는 프로타주와 같군. 문지르고, 문지르고 또 문지르고.

남자와 과장은 공장을 돌며 주변의 기계들을 둘러보았다. 재료를 혼합하는 혼합기는 원하는 무늬가 나올 때까지 흔들어 뿌리는 오실레이션 기법과 같았다. 똑같이 찍어내는 자동조립기는 데칼코마니와 다를 게 없었다. 재단기는 그라타주였고 착색도료기는 마블링이었다. 아, 기계들이 만드는 몽타주여, 위대한 기계들의 콜라주여. 미술은 여기에 있었구나. 그래서 사람들이 굳이 전시실까지 찾을 필요가 없는 거구나.

과장의 설명이 끝난 다음 남자는 드디어 2번 컴프레서 앞에 섰다. 그러자 이때까지 자신이 해오던 미술기법들과 낯선 기계들이 마구 섞이기 시작했다. 2번 컴프레서의 시작 단추를 누르자 심장을 찌르는 굉음이 들렸고 기계는 마치 경주를 앞둔 말처럼 헐떡였다.

—나 또한 그림을 그리기 전에 이렇게 흥분되고 설레었지.

남자는 순간 불쌍하기만 한 경주마를 위로하고 싶다는 생각을 했다. 남자가 기계를 쓰다듬자 기계는 경주마처럼 발굽을 땅바닥으로 내치며 말 울음소리를 냈다.

—그래, 그래. 데칼코마니, 몽타주, 콜라주.

이상하게도 그런 단어들을 외우고 있을 K가 떠올랐고 그러자 K에게 가슴을 보이고 있는 J가 떠올랐고 연락이 안 되는 여자가 떠올랐다.

남자는 2번 컴프레서 앞에 서서 심호흡을 했다. 그러자 약품 냄새가 코끝을 통해 머릿속까지 깊숙하게 들어왔다. 남자는 순간 욕지기를 느꼈다. 우산 손잡이와 똑같이 생긴 시작 핸들을 돌렸다.

　—그래 너 또한 우산 손잡이구나.

　남자가 핸들을 돌리자 기계는, 출발선에 다가가는 경주마처럼 천천히 움직이기 시작했다. 그 순간 남자의 눈에선 눈물이 고이기 시작했다. 한번 고인 눈물은 남자가 막을 새도 없이 줄줄 터졌다.

　남자는 그렇게 기계 앞에서 오랫동안 눈물을 흘렸고 영문을 모르는 주변 사람들은 기계를 멈춘 다음 남자를 한동안 쳐다보았다. 남자는 두 손을 모으고 2번 컴프레서 앞에서 고개를 숙인 채 하염없이 울었는데 그 모습은 마치 밀레의 「만종」 같았다.

　가을 같지도 않은 가을이 흘렀고 매서운 겨울이 지났고 기계는 여전히 잘 돌아갔고 회전하는 드릴처럼 봄이 지나갔고 다시 여름이 시작될 무렵이었다. 남자는 거의 1년 만에 많은 단어들을 잊었다. 우선 전시라는 단어를 잊었다. 그리고 미술 용어들을 잊었다. 실크스크린을 무엇으로 만드는지조차 잊었다. 장례식 다음 날 한복집 문을 연 여자의 어머니처럼.

　대신에 남자는 공장에서 마련한 심리 치료와 명상 수련에 자주

다녔다. 심리 치료는 매우 이상했는데 강사는 스트레스를 받을 때
마다 라마즈 호흡을 하며 양팔을 두어 번 흔들고 좌우로 고개를 뒤
틀며 억지웃음을 지으며 다시 라마즈 호흡을 하게 했다. 남자는 별
일 없는 주말이면 명상센터에 가서 명상을 하고 심리 치료를 받았
다. 회원들 간에 서로 얼굴을 마주 보고 호흡을 하고 웃고 두 팔을
흔들었다. 그림을 그리는 것보다 훨씬 좋았다. 그림에 대해 생각하
는 것조차 지긋지긋했다. 자다가도 그림이 떠오르면 남자는 이불
안에서 호흡을 하고 팔을 흔들고 웃음을 짓고 다시 호흡을 했다.

명상센터에서는 회원들에게 다음 주까지 여름이 끝나기 전에
할 일 세 가지를 적어 오라고 했다. 남자도 종이를 받고 나왔지만
무엇을 할지 별다른 생각이 나지 않았다.

그러던 어느 날, 무더위가 다시 시작된 여름날, 남자는 집에서
팸플릿 하나를 받았다. 잘 아는 후배 사진작가가 보낸 것이었다.
남자는 뜯지도 않고 방바닥에 던져놓았다. 그리고 며칠 후 화장실
에서 읽을 잡지를 찾다가 후배가 보내준 팸플릿을 떠올렸다.

팸플릿은 사진 전시회 도록이었다. 메인 사진들은 주로 여성 누
드였다. 전국의 박물관과 전시실에서 작품과 유물들을 배경으로
찍은 여성 누드였다. 사진 아래 남자가 잘 아는 평론가의 짧은 비
평도 실려 있었다.

이 사진들에 어떤 의미가 있는가? 그 아무리 유명한 작품이나 유물이라 할지라도 눈앞에 있는 여성의 몸보다 못한 건지도 모른다.

남자는 바보, 하고 중얼거리고 도록을 던지려 했다. 그러다가 다시 펼쳤다. 사진 속 누드는 남자가 아주 잘 아는 몸이었다. 남자가 아주 잘 아는, 바로 남자와 10개월 하고도 11일 동안 동거를 한 여자였다.

어머니 집에 잠시 들어간다더니. 이 자식이 제 어미야, 뭐야.

처음에 남자는 도록을 찢으려 했다. 하지만 그럴 수 없었다. 여자의 몸은 평론가의 말처럼 무척 아름다웠다. 너무나 아름다워서 여자의 몸을 만지고 싶었다. 그러나 뻑뻑한 종이만 만져졌다. 손가락을 대면 댈수록 가칠하기만 했다.

화장실에서 나온 남자는 사진을 찍은 후배에게 전화를 했다. 일찍 찾아온 분지의 더위는 오전임에도 불구하고 사람을 지치게 만들었다. 후배와 이런저런 인사를 나누었고 후배는 가을이 올 때까지 동해 바닷가에서 사진 작업을 할 거라고 했다. 유명 바닷가가 있는 시에서 두둑한 작업 비용을 주었다고도 했다. 도록에 나온 여자에 대해 물어보니 함께 작업할 것이라고 했다.

—사진 속 모델 말이야. 누구야?

남자가 물었고 후배는 작년부터 자신과 함께 작업하던 여자인데, 어느 날 벗은 몸이 너무 아름다워 그런 작업을 1년 가까이 했다는 것이었다.

—잤니?

—아, 형, 왜 그러세요.

남자가 다시 묻자 후배는 알 듯 모를 듯한 웃음소릴 냈다. 통화를 끝낸 다음 남자는 한동안 사진 속 여자의 벗은 몸을 바라보았다.

그날 남자는 평소보다 일찍 출근을 했다. 오후 조였지만 점심 무렵에 도착했다. 공장 입구에서 과장이 누군가와 이야기를 나누고 있다가 출근하는 남자를 불렀다. 과장은 남자의 전임 직원이라며 서로 소개를 했다. 남자와 어색한 인사를 나눈 사내는 지금 회사를 옮겨 보다 큰 공장에서 일하고 있다고 했다. 전임이라는 사내는 남자와 과장 앞에서 마치 죄인처럼 부끄러워했다. 제 몸처럼 아끼던 컴프레서를 떠나면 그것은 죄인가, 하고 남자는 생각했다.

작업복으로 갈아입고 휴게실에 앉아서 담배를 하나 피웠다. 휴게소 안에 있는 달력은 바닷가를 배경으로 하고 있었다. 먼저 와 있던 오전 조 김 대리와 박 대리는 서로 휴가에 대해 이야기를 나누고 있었다.

여름 바다는 딱 질색인데.

남자는 그렇게 생각했다. 여름 바다를 떠올리자 시원한 것이 아니라 오히려 답답함이 파도처럼 밀려왔다. 트렁크 모양의 수영복에 비치샌들을 신고 세상이 아름다운 척해야 한다. 삶이란 걸 즐거운 척해야 한다. 남자는 재떨이에 담배를 비벼 껐다. 손톱에 낀 기름이 보였다.

후배가 있다는 바닷가 거리를 검색해보니 자신이 있는 곳에서부터 365킬로미터 떨어져 있었다. 하루에 1킬로미터씩 가더라도 1년이 걸리겠군. 남자는 생각했다. 사람을 아프게 하는 건 희망이다. 남자는 휴게소 낙서판에 누군가가 적은 글을 읽고는 휴게소를 나와 2번 컴프레서로 갔다.

그날 퇴근길에 남자는 지하철 승강장에서 우연히 J를 만났다. 남자가 먼저 다가가서 인사를 했지만 J는 잘 기억이 나질 않는다는 표정을 지었다. 여자와 함께 K랑 만나 전시에 대해 이야기를 나누었다고 하자 그제야 J는 고개를 끄덕였다.

—K는 잘 지내지요?

남자가 물었다.

—K요? K는 떠났어요.

J는 그렇게 짧게 대답했다. 아무런 감정이 읽히지 않는 표정이었다. 마치 우체국에서 주소를 묻고 대답하는 것 같았다.

—그렇군요. 그래요.

남자가 말했지만 K와 헤어졌다는 건지 아니면 K가 아주 먼 곳으로 여행을 갔다는 건지 그것도 아니면 세상을 떠났다는 말인지 알 수 없었다. 지하철이 들어왔고 J와 남자는 어색한 웃음을 지었다. J가 지하철을 탔지만 남자는 타지 않았다. 창을 통해 고개를 숙이고 있는 J를 보다가 지하철이 출발하자 남자는 손을 흔들었다. J는 작게 고개를 숙였다.

분지의 무더위가 막 시작하고 있었고 남자는 여름이 끝나기 전까지 무언가 일을, 적어도 세 가지 정도는 해야겠다고 생각했지만 세 가지가 무엇인지는 알 수 없었다.

여름이 가기 전에 해야 할 일 세 가지

침
수

그녀는 트렁크에 짐을 싸기 시작했다. 4, 5년 전에 딸애가 선물한 바퀴 달린 트렁크였다. 무거운 가방을 메고 다니지 말고 엄마도 이젠 끌고 다니우, 딸애의 말이었다. 3백만 원을 빌려줬지만 돌아온 건 바퀴 달린 가방이었다. 비싼 제품이라고 해서 아끼던 가방이었다. 짐을 싸던 중 그녀는 가방 안쪽 면에 '대호상사 창사 20주년'이라는 금박으로 된 글자를 발견했다. 대호상사는 사위가 다니는 회사였다. 나쁜 년. 그녀는 행주에 치약을 묻혀 왔다. 금박 친 글자를 지우려 했지만 소용없었다. 닦으면 닦을수록 금박의 글씨는 더욱 환하게 빛이 났다.

　　그녀는 트렁크 옆에 가지런히 놓여 있는 옷가지들과 속옷들을 바라보았다. 정물화에 갇힌 것처럼 정지된 모습들. 언제부턴가 그녀는 정지된 모습이 좋았다. 사진이나 그림처럼 액자 안에서 찰나도 움직이지 않는 모습에 안도감을 느꼈다. 그녀가 싫어하는 것은 바람에 흩날리는 젊은 여인들의 치마와 가는 비에도 떨어지는 여린 꽃잎. 그리고 깔깔거리는 웃음에 흔들리는 머리카락이었다.

왜 한순간이라도 멈출 수는 없는 걸까. 시간도, 다리에 차오르고 있는 물도. 그녀는 그것이 궁금했다. 두어 달 전에 간 정형외과에서는 다리에 물이 차고 있다고 했다. 그녀나 그녀의 남편으로선 너무나 생소한 말이었다. 멀쩡한 다리에 물이 왜 찬단 말이오. 남편이 물었지만 의사는 아무 일도 아니라는 듯 웃으며 말했다. 에어컨도 10년 지나면 가스 대신에 물이 차지요. 의사 뒤에 심각한 표정으로 서 있는 에어컨에서는 한 방울씩 물이 떨어지고 있었다.

그녀는 딸애가 사준 디지털카메라로 트렁크와 옷가지들 사진을 찍었다. 그러고는 메모를 덧붙였다.

〈사진 1〉 출발하기 전 첫 번째 사진. 정지는 멈춤이 아니라 여러 가지의 가능성이다.

그녀는 순간적으로 생각한 자신의 메모가 마음에 들었다. 시간을 멈추는 게 뭐 어때서.

그녀는 디지털카메라를 케이스 안에 소중하게 집어넣었다. 가장

슬픈 건 기억이 없어지는 것이었다. 과거를 떠올릴 때마다 돌멩이 같았다. 바닷가에 간 게 큰애 초등학교 입학식 때였는지 작은애 중학교 졸업식 때였는지 도무지 헷갈리기만 했다. 갔던 바닷가가 남해였는지 동해였는지조차 알 수 없었다. 그것은 남편도 마찬가지였다. 기억력이 남달랐던 남편조차 물기를 다 짜낸 수건처럼 나날이 건조해갔다. 수첩에 적어 다니지 않으면 아파트 입구조차 찾아 들어올 수 없었다. 그런데 이제는 수첩을 어디에 두었는지조차 잊어버리곤 했다. 기억을 남기기 위해 남편은 수첩을, 그녀는 디지털 카메라를 사용했다.

─짐 싸는 데 왜 이렇게 오래 걸려. 벌써 남해까지 갔겠다.

남편이 텔레비전을 끄며 말했다. 도와주지는 못할망정. 그녀는 중얼거렸다. 생각해보면 남편에게 있어 그동안의 집은 집이 아니라 화장실과 같았다. 볼일만 보고 냉큼 사라지는. 남편은 퇴직을 할 때까지 집에 붙어 있질 않았다. 공휴일엔 절대 골프와 산행 그리고 경조사가 끊이지 않고 이어졌다. 출장 때문에 집을 장기간 비웠고 새벽에 들어와 잠깐 눈만 붙이고 출근했다. 건강 때문에 일찍 퇴직한 것이 어쩌면 다행이라고까지 그녀는 생각했다. 그런 그들에게 이번 나들이는 10여 년 만의 여행다운 여행이었다.

─추풍령에 들러 그 친구나 보고 갈까?

둘만의 여행이 어떻고 저떻고 하더니 벌써 그놈의 술친구 타령이야, 저 양반은 아직도 집구석을 화장실로 아는 거야, 뭐야. 그녀는 생각했다.

—내 수첩은 어디 있지?

남편이 주머니를 뒤지며 물었다.

—어제 외출했었으니 어제 입었던 옷에 찾아봐요.

남편이 앓는 소리를 하며 방으로 들어갔다. 그녀는 짐을 다 싼 다음 마지막으로 콩나물시루를 보러 들어갔다. 문을 닫는 순간 모든 소음과 빛이 사라졌다. 눈앞에 보이는 건 맑은 어둠뿐이었다. 폐경이 찾아오면서부터 그녀는 콩나물을 키웠다. 그녀가 콩나물을 키우게 된 것은 여러 가지 이유에서였다. 몇 년 전 그녀는 티베트 오지에서 혼자 사는 농부에 대한 다큐멘터리를 시청한 적이 있었다. 산은 가팔랐고 하늘은 높았다. 새파란 하늘에 정지한 듯 박혀 있는 구름은 그녀의 숨을 막히게 했다. 저런 곳에서의 삶이라면 모든 시간이 멈춰 있을 거야, 그녀는 생각했다. 드넓은 농지에서 고독하게 밭을 일구는 농부를 꿈꾸었지만 도시에서 태어나 자란 그녀로서는 엄두도 나지 않는 일이었다. 화창한 날씨에 밖으로 나가는 것조차 서러울 것 같았다. 바람에 흩날리는 치마와 가는 비에 떨어지는 꽃잎 그리고 웃음에 흔들리는 머리카락이 다시금 떠올려지는 것 같아 그녀는 분한 마음이 들었다. 한 가지 음식쯤은 무농약으로 길러봐야지, 젊은이들이나 매일 사 먹는 거지. 그녀는 속으로 다짐했다. 콩나물 꼬리가 간세포의 파괴를 막아준대요, 비린 냄새가 날 것이라던 남편에겐 그렇게 설득했다.

콩나물 재배는 생각처럼 쉽지 않았다. 처음 시작했을 땐 반 정도가 새까맣게 썩었고, 나머지는 자라다가 말았다. 불린 콩을 여러 번 버려가면서 시행착오를 겪어야 했다. 어디서 나타났는지 시루 안에는 새끼손톱보다도 훨씬 작은 달팽이 한 마리가 달라붙어 있었다. 처음에 그녀는 징그러워 검은 보자기를 바로 덮곤 했었다. 그러나 한없이 느린 움직임이 그녀를 편안하게 만들어주었다. 요 조그마한 녀석에게 시루는 우주 같을 거야. 그녀는 콩나물숲을 오가는 녀석을 내버려두기로 했다.

콩나물을 재배하면서 무엇보다 어려운 것은 물 조절이었다. 배수에 문제가 있었는지 침수되기 일쑤였다. 그러나 그녀는 포기하지 않았다. 햇빛이 아닌 어둠 속에서, 바람 한 점 불지 않는 정적 속에서, 오로지 멈춘 듯 고요하게 서 있을 콩나물을 포기하고 싶지 않았다.

스탠드보다 작은 전구를 켰다. 그녀는 쭈그리고 앉아 시루 위에 덮여 있는 검은 보자기를 젖혔다. 희미한 어둠 가운데 한 움큼 되는 콩나물들이 개나리꽃처럼 화사하게 빛났다.

—안 가?

남편이 문밖에서 소리를 질렀다. 그녀는 잘 자라고 있는 콩나물을 보자 작은 욕심이 생겼다. 시루를 한 개 더 설치하고 싶었다. 이번엔 배수로를 올려서 설치해야지. 배수관을 이쪽으로 빼려면 못질을 해야 될 텐데. 그나마 남편이 할 수 있는 건 못질밖에 없으니⋯⋯. 그녀는 혀를 찼다.

—안 가?

남편이 다시 소리를 질렀다. 네, 네. 갑니다. 화장실만 찾는 양반아. 그녀는 보자기를 덮고 전구를 껐다. 짙은 어둠이 이내 찾아왔다.

차 안의 공기는 뜨거웠다. 에어컨을 켜면 너무 추웠고 차창을 열기엔 국도에서 불어오는 바람이 거셌다. 그녀는 에어컨을 켰다가 껐고, 차창을 내렸다가는 다시 올렸다. 남편은 운전에 방해가 된다며 그녀를 나무랐다. 소음 때문에 오디오에서 흘러나오는 음악도 잘 들리지 않았다.

—자식 길러봤자 소용없다니까.

—왜.

—지우 그년이 비싼 거라고 빌린 돈 대신에 준 트렁크 있잖아.

그게 김 서방네 회사에서 나눠준 기념품이더라니까.

—응.

남편은 건성으로 대답했다. 그녀는 더 이상 말을 하지 않고 창밖만 바라보았다. 한가한 국도 밖으로는 가로수들만이 끊임없이 이어져 있었다. 노을이라도 펼쳐 있으면 멋있을 텐데. 그녀는 창밖의 경치를 보다가 그림을 그릴 구도에 대해 생각했다. 그녀는 몇 개월 전부터 문화센터에서 「현대 미술의 감상」과 「그림 실기 과정」을 다녔다. 액자 안에 시간을 가두고 싶었기 때문이었다.

—엄격한 회화적 공식화의 이면에는 늘 운명이 도사리고 있습니다. 표현의 진술이 엄격하면 엄격할수록 운명의 정체는 더욱 모호해지는 법이지요. 회화적 요소가 단순하면 단순할수록 가시적 이미지는 그만큼 설득력이 있습니다. 아시겠지요?

강사는 그렇게 말했지만 그녀로서는 알 듯 모를 듯했다.

—선생님, 몬드리안의 경우에는 선생님의 말씀이 적용되는 것 같지만 이를테면 마티스의 경우는 조금 다르지 않겠습니까? 마티스는 색채의 과감성이 오히려 돋보이는데요. 색채의 기능이 강해서 설득력을 가지는 경우는 어떻습니까?

그녀의 옆에 있던 젊은 주부가 질문을 했다. 수강생들은 모두 흥미진진하다는 듯이 미소를 지었고 그녀는 애써 따라 웃었다. 수강생들과 강사의 말이 오갔다. 모두 중요한 말 같았지만 그녀는 알아들을 수 없었다. 화폭 안에 시간을 가둔다는 설렘에 가슴이 두근거릴 뿐 그들이 나누는 대화는 티베트 산악을 넘어가는 바람 소리 같았다.

—여보, 몬드리안이라면 저 나무를 단순한 작대기 하나로 그렸을 테고, 마티스였다면 진한 녹색으로 표현했을 거예요.

—응? 뭐라고? 저 자식은 운전을 대체 어떻게 하는 거야.

남편은 경적을 울렸다. 그녀는 창밖을 보는 게 지겨워졌다. 차 안의 공기는 끈끈하게 그녀의 몸에 달라붙었다. 남편이 에어컨을 켰다. 그녀는 남편을 내버려두었다. 가방에서 시집을 꺼내 펼쳤다. 딸애가 번역한 미국 작가의 시집이었다.

죽음의 샘은 어둠의 저편으로 사라진다. 늙고 추한 몸은 거추장스런 동반자. 계절마다 색이 있네. 라일락, 붉은 장미, 흰 버드나무. 들려오는 건 빗소리의 인사말뿐. 눈 무게에 휘청 휘어버린 나뭇가지. 그리고 늙은이는 모든 것을 잊었다. 나 이제 산을 곧 내려가리라. 라일락, 붉은 장미, 흰 버드나무…….

그러나 오래 읽지 못했다. 차가 흔들려서 눈이 아팠다. 그녀는 무릎 위에 펼쳐놓은 시집을 덮었다. 그녀는 대신 보온병에서 커피를 꺼냈다.

—나도 한 모금 줘.

—뜨거워요. 조심해요.

그녀는 커피를 따른 다음 남편의 입가에 대주었다. 그때였다. 뒤에서부터 재빨리 추월해 오던 오토바이가 가로질러 들어오면서 앞에 가던 거대한 트럭과 순식간에 부딪쳤다. 오토바이 운전자는 공중으로 튀어 올랐다. 오토바이 운전자가 공중에 머물렀던 순간은 불과 몇 초 사이였을 것이다. 그러나 그녀의 눈엔 마치 영원히 정지한 것처럼 느껴졌다. 그녀는 오토바이 운전자가 마치 아침에 뽑은 콩나물 같다고 생각했다. 헬멧은 콩나물 대가리 같았고 큰 헬멧에 비해 가느다란 몸은 콩나물 몸통 같았다.

남편이 브레이크를 밟았지만 트럭에 부딪친 오토바이 운전자는 보닛 위로 떨어졌다. 우그러지는 소리가 났고 남편이 자동차를 완전히 멈추었을 때 오토바이 운전자는 보닛에서 미끄러져 바닥으로 힘없이 떨어졌다.

—여보.

그녀가 남편을 불렀다. 그러나 남편은 초점을 잃은 눈으로 정면만 바라보았다. 남편의 턱 밑으로 커피가 뚝뚝 떨어졌다. 그녀는 빈 컵을 보았다. 남편이 브레이크를 급하게 밟는 바람에 남편의 목과 옷에는 커피가 줄줄 흐르고 있었다.

—여보, 커피.

—앗, 뜨거.

남편은 그제야 정신을 차렸다. 숨을 헐떡이는 것처럼 자동차 엔진이 떨렸다. 남편은 셔츠의 단추를 풀고는 입으로 후후 불었다. 휴지를 찾았지만 보이지 않았다.

—어떻게 해.

그녀가 물었지만 남편은 웅얼거릴 뿐 아무 말도 하지 않았다. 도로 한가운데로 파편과 누워 있는 오토바이가 보일 뿐 오토바이 운전자는 보이지 않았다. 툴툴 털고 일어나길 바랐지만 한동안 있어도 오토바이 운전자는 보이질 않았다.

—나가봐야지.

그녀가 말했지만 남편은 또다시 알 수 없는 웅얼거림만 내뱉었다. 넘어져 있는 오토바이에서 피처럼 붉은 액체가 흘러나오고 있었다.

맞은편 차선에서 자동차 한 대가 오면서 경적을 울렸다. 자동차는 건너편 길가에 멈추었고 운전석에서 젊은 남자가 내렸다. 젊은 남자는 남편을 보고는 자동차 앞으로 가서 고개를 숙였다. 아마도 오토바이 운전자의 상태를 보는 것 같았다. 가로수에 있던 새들이 건너편 가로수로 날아가는 것이 보였다. 젊은 남자가 몸을 일으켰다.

―일단 구급차를…….

젊은 남자가 남편에게 다가와 말을 건넸다. 남편보다 더 당황하는 기색이었다.

―네, 그렇죠. 먼저 신고를…….

남편은 숨쉬기가 거북한 듯 숨을 자꾸만 몰아쉬었다. 그녀도 손이 떨려 아무것도 할 수 없었다.

―트럭이, 트럭이…….

―네?

―트럭이 있었는데.

남편의 말을 따라 그녀는 고개를 들어 트럭을 찾았다. 그러나 도로 그 어디에도 거대한 트럭은 없었다. 트럭은 어디로 간 것일까. 거대한 트럭이었다. 그럼에도 순식간에 사라진 것이 마치 꿈처럼 느껴졌다. 트럭 운전사는 충격을 전혀 느끼지 못했을지도 모른다. 느꼈다 하더라도 작은 돌이 날아와 부딪쳤다고 생각했을지도 모른다. 짐을 가득 실은 육중한 트럭에 비하면 오토바이는 한낱 잠자리에 불과하니까.

아니 어쩌면 트럭 운전사는 사고에 휘말리기 싫어 그냥 도주한 것인지도 모른다. 아니, 아니. 트럭이 정말 있었거나 했던 것일까. 그녀가 기억하는 것은 공중에 떠서 정지해 있던 오토바이 운전자

뿐이었다.

구급차와 거의 동시에 경찰차가 도착했다. 콩나물시루 안에 달라붙어 있던 달팽이처럼 모든 게 지긋지긋할 정도로 느리게 움직이고 있었다. 오토바이 운전자가 들것에 실려 옮겨지는 것도, 구급차와 경찰차의 경광등이 도는 것도, 경찰의 질문도, 남편의 대답도, 견인차가 움직이는 것도, 서행을 하며 남편을 보고 가는 다른 운전자들도. 하나같이 느려터졌고 굼떴다. 빨리 벗어나고 싶었지만 그녀는 벗어날 수 있는 방법을 알 수 없었다.

—그러니까, 사모님께서 선생님에게 커피를 쏟았고, 그 바람에 놀라 앞서 가던 오토바이를 받았다, 이거죠?

—아니요. 앞에 트럭이 있었고, 커피를 쏟은 건 그 전이 맞는데, 커피가 쏟아진 걸 내가 안 것은 사고가 난 다음이었는데, 오토바이가 들어오면서, 트럭에, 트럭을, 그래서 내가 브레이크를 밟았는데…….

그녀가 듣기에도 남편의 말은 심하게 꼬여 있었다. 남편의 말을 마냥 듣고 있던 경찰관에게 무전 연락이 왔다.

—일단 경찰서로 가셔야겠습니다.

선글라스를 벗으며 경찰관이 말했다. 오토바이 운전자는 죽었다고 했다. 트럭은 사라졌고, 쓸모없는 증인만 남았다. 남편은 도주

가능성이 적어 불구속 기소되었다. 합의가 끝나고 과실치사가 인정되면 집행유예가 될 것이라고 했다. 그러나 끝까지 트럭에 부딪친 것이라고 소송을 걸면 재판에 회부되어 금고형이 내려질 수 있음을 보험회사와 변호사는 덧붙였다.

—오토바이가 트럭에 부딪친 거라고 계속 무죄를 주장하실 겁니까?

경찰관은 답답하다는 듯이 재차 물었다.

—어떻게 이런 일이 있을 수 있단 말이오. 내가 저지르지도 않은 죄를 인정하면 집행유예로 풀려나고, 진실을 말하면 금고형을 산다니.

남편의 하소연에 경찰도 보험회사 직원도, 그리고 변호사 그 아무도 대답하지 않았다. 남편은 수첩을 꺼내 앞으로 해야 할 일과 필요한 서류 등을 꼼꼼히 적었다. 가끔 숨이 가쁜 듯 숨을 여러 번, 자주 몰아쉬었다.

그녀와 남편이 조사실에서 나왔을 때 아이를 데리고 있는 여자가 서 있었다. 옆에 있던 경찰관이 죽은 오토바이 운전자의 아내라고 담담하게 소개했다. 여자가 고개를 숙여 인사했다. 여자의 손을 뿌리친 아이는 장난감 총을 자랑스럽게 보여주었다.

—잠시 말씀 나누시겠습니까?

경찰관이 그렇게 말하고는 자리를 비켜주었다.

─제 남편은 말이에요.

여자는 그 누구와도 눈을 마주치지 않으려 하며 말했다.

─제 남편은 여기 고향까지 내려오기 전까지 견인차 운전사였어요. 하루는, 눈이 아주 많이 오던 날이었어요. 은행 앞에 불법주차되어 있는 자동차를 견인하라는 구청의 출동명령을 받았어요. 남편은 골목 입구에 서 있던 자동차를 견인했지요. 견인고지서를 붙이고 규정대로 차를 끌어올리고. 그런데 견인한 차 안에 갓난아기가 있었나 봐요. 차창엔 눈도 달라붙어 있었고 또 너무나 검게 코팅되어 있어 정말 아무것도 보이지 않았대요. 보관소까지 넘겨주었는데 차 안에 있던 아기가 죽었어요. 부검까지 했다던데 저체온에 의한 폐경색이라고 하더군요. 남편은 과실치사로 기소되었어요. 집행유예를 받고 풀려났지만 남편은 그 기억 때문에 아무 일도 할 수 없었어요. 자다가도 기억 때문에 소스라치게 일어나곤 했어요.

여자의 아이가 장난감 총으로 남편을 향해 쏘았다. 남편은 숨을 몰아쉬며 가슴을 잡았다.

─여보, 괜찮아?

그녀가 묻자 남편은 고개를 끄덕였다.

─탕, 탕.

아이가 재미있다는 듯이 남편에게 다시 총을 쏘았다.

—저희가 최대한 합의금을…….

그녀가 여자의 손을 붙잡으며 말했다.

—그냥 말씀드리고 싶어서 이야기한 거예요. 합의나 보상금에 관한 이야기가 아니에요. 합의가 뭔지 지금은 그 말뜻조차 감이 잡히지 않네요.

여자는 손을 빼 두 눈을 가렸다.

—그럼 이만.

여자가 아이의 손을 잡았다. 그녀가 인사를 했지만 여자는 단 한 번도 눈을 마주치지 않은 채 조용히 아이를 데리고 복도를 빠져나갔다.

—여보.

—응. 괜찮아.

남편이 심호흡을 했다.

귀가조치가 내려졌지만 남편이나 그녀 집으로 돌아갈 힘은 조금도 남아 있질 않았다. 경찰서에서 가까운 여관에 짐을 풀었다. 하루 종일 아무것도 먹지 않아 배가 고팠다. 그러나 밤늦은 시간까지 문을 연 식당은 근처 콩나물 국밥집 외에는 없었다.

—식당에서 파는 콩나물에는 농약이 많이 묻어 있다던데.

남편은 아무런 대꾸도 하지 않고 묵묵히 먹기만 했다.

—큰애한테 말하고 집으로 돌아가야겠죠?

그녀가 물었다. 남편은 휴지로 조용히 입가를 닦았다.

—내일 아침에 일찍 출발하면 공연 전에 도착할 수 있을 거야.

남편이 말했다. 그녀는 남편의 말을 부정하지 않았다. 아들의 첫 공연이었다. 기타 하나로 유학까지 다녀오지 않았던가. 귀국해서도 얼굴을 볼 수 없었다. 귀국하자마자 남해로 내려가서 공연 준비를 하느라 통화만 몇 번 했을 뿐이었다. 사고 소식을 전해 공연을 망칠 필요도 없을 것 같았다.

—서너 시간이면 족히 갈 수 있을 거야.

남편은 콩나물 국밥을 반 정도 남겼고 그녀는 두어 숟가락 먹었을 뿐이었다. 식당 주인 아주머니가 졸다가 돈을 받았다.

달이 무척 밝았다. 지방의 작은 도시치고는 공기도 맑았다. 여관으로 돌아가는 길에 작은 공원이 눈에 띄었다. 남편과 그녀는 공원을 잠시 거닐었다. 어디선가 희미하게 기타 소리가 들렸다가 끊어졌다. 가로등 아래 벤치에 동남아인으로 보이는 남자가 기타 코드 연습을 하고 있었다. 더듬거리는 손가락이 초보였다. 남편과 그녀가 그 앞을 지나가자 외국인은 '하이' 하고 인사를 했다.

—우리 아들도 기타를 아주 잘 쳐요. 클래식 기타, 전자 기타.

그녀가 말을 건넸지만 외국인은 '아이 돈 스피크 코리언'이라고 웃으며 말했다. 그녀가 '바이'라고 말하자 외국인도 '바이, 바이'라고 답했다. 남편과 그녀가 걸어가는 동안 외국인은 코드 짚는 연습을 다시 시작했다.

—서울대에 기타학과가 있었다면 큰애는 거기엘 다녔을 거야.

남편이 말하자 그녀는 고개를 끄덕였다.

—어떻게 하지?

남편이 물었다. 그녀는 아무런 대답도 하지 않았다. 여관에 도착해 뜨거운 물로 목욕을 하고 나자 시간은 어느덧 자정 가까이 되어 있었다.

그녀가 잠에서 깬 것은 남편의 휴대전화에서 울리는 문자 알람 소리 때문이었다. 문자가 와도 확인하지 않는다고 딸애가 메시지를 확인할 때까지 알람 소리가 울리게 지정해놓았기 때문이었다.

—여보, 휴대폰 어디 있어?

어둠 속에서 그녀가 물었지만 남편은 대답이 없었다. 그녀는 손으로 남편을 찾았다. 그러나 남편의 몸은 만져지지 않았다. 그녀는 일어나서 불을 켜려고 했다. 어디였더라? 낯선 곳이었고 또 너무나 어두워서 스위치가 어디에 있는지조차 보이지 않았다. 그런 와중에도 알람은 계속해서 울렸다. 마치 콩나물시루 안에 들어와 있는 것 같았다. 그녀는 벽을 더듬어가다가 스위치를 만졌다. 스위치를 켜자 욕실등이 들어왔다. 방 불은 어디서 켜는 거야. 그녀는 중얼거렸다. 어렴풋하게나마 사위가 보였다. 그녀는 옷걸이에 걸린 옷 주머니에서 남편의 휴대전화를 찾았다. 묵고 있는 지역에 호우가 예상된다는 민원 서비스 문자였다. 대체, 이이는 어디에 있는 거야.

그녀는 바닥을 더듬으며 침대로 돌아왔다. 새벽 다섯 시를 조금 넘긴 시각이었다. 남편의 옷은 그대로 있었다. 화장실 문을 열어보았지만 거기에도 남편은 없었다. 문은 걸쇠까지 잠겨 있었고 신발도 그대로였다. 대체 어디로 간 것일까. 그녀는 아무리 생각해봐도 남편이 어디로 사라졌는지 알 수 없었다. 속옷 바람에 나갔을 리도 없고 말이다.

침대에 걸터앉아 무심결에 반대편을 바라보다가 그녀는 남편의 수첩 끄트머리를 보았다. 그녀는 침대에서 일어나서 천천히 걸어갔다. 그러자 수첩을 쥐고 있는 남편의 손이 보였고 팔이 보였다. 그녀가 조금 더 다가가자 남편의 얼굴과 몸이 보였다. 남편은 침대 반대편 바닥에 누워 있었다. 그녀는 남편이 많이 피곤한 모양이라고 생각했다. 그래서 침대에서 떨어진 채 그대로 잠들었다고 생각했다.

그녀가 남편을 흔들었지만 남편은 조금도 움직이지 않았다. 그녀는 남편의 숨소리를 들으려 했지만 들을 수 없었다.

그녀는 다시 침대에 앉아 남편을 바라보았다. 완벽한 정지, 완벽한 멈춤 상태였다.

─여보.

그녀가 조용히 불렀지만 남편은 아무런 대답도 없었다. 그녀는 남편의 손에 꼭 쥐여 있는 수첩을 빼냈다. 그러자 수첩과 함께 있던 볼펜이 굴렀다.

비상 토……장 은해 032…….

글씨는 삐뚤삐뚤했고 무슨 말인지 알 수도 없게 끝까지 적혀 있지도 않았다. 무언가를 필사적으로 남기려고만 한 흔적만 남아 있었다. 남편은 죽는 순간 무엇을 쓰려 했을까.

─여보.

그녀가 다시 조용하게 불렀지만 남편은 완벽한 정지 상태에서 벗어나질 않았다. 이것이 진짜일까? 그녀는 남편을 부르면서 침대에서 일어났다가 다시 앉았다. 순간 다리가 저려왔다. 생각해보니 다리에 고인 물을 빼는 약을 하루 종일 먹지 않은 게 생각났다. 그녀는 저린 다리를 억지로 끌고 가서 약을 꺼내 먹었다. 삼킨 게 아니라 거의 씹었다. 그러나 통증과 저림은 쉽게 가라앉지 않았다.

—여보. 나 다리가 몹시 아파.

그러나 그녀의 말에 남편은 아무런 대답도, 기척도 없었다. 그녀는 침대로 돌아왔다. 남편의 정지. 더 이상의 노화도 쇠퇴도 상실도 건망증도 없을 터였다.

그녀는 긴급신고를 하려다 말았다. 그 무엇도 진짜처럼 느껴지지 않았다. 진짜는 무엇일까. 내가 들이마시는 공기. 움직이는 손가락. 천천히 내디디는 발. 발바닥에 전해오는 부드러움. 이게 진짜일까?

그녀는 망연히 있다가 시계를 보았다. 이제 큰애의 공연까지 여덟 시간도 남지 않았다. 그녀는 어떻게 해야 할지 알 수 없었다. 창밖으로는 비가 떨어지고 있었다. 들려오는 건 빗소리의 인사말뿐. 그녀의 머릿속에서는 느닷없이 시구절들이 유령처럼 떠다녔다.

그녀는 옷을 입고 남편에게도 옷을 입혔다. 축 처진 남편에게 옷을 입히는 건 쉽지 않았다. 그녀는 출발할 때 그랬던 것처럼 차분하게 짐을 쌌다. 먼저 짐부터 차에 옮겼다. 비에 젖어서인지 가방은 더욱 무거웠다. 나쁜 년. 왜 이렇게 무거운 가방을 선물해서. 그녀는 그렇게 말했지만 딸애가 너무 보고 싶었다.

밖에는 생각보다 굵은 빗줄기가 내리고 있었다. 그러나 그녀는 우산을 쓸 겨를이나 힘조차 없었다. 다리 안에서부터 물이 차오르는지 아니면 다리 밖에서 빗물이 차오르는지 감각조차 없었다. 그녀는 남편을 둘러업고 차까지 옮겼다. 공연을 보러 가야지, 이 사람아. 그것도 우리 큰애 첫 공연이잖아. 공연 끝나면 둘만의 여행을 하자더니. 자기 볼일만 보고.

그녀의 말을 알아들었는지 남편의 몸이 조금 가벼워지는 것 같았다. 그러나 여전히 힘에 부쳤다. 그녀는 틈틈이 벽에 기대 쉬었다. 새벽녘이어서 그런지 다행히 복도에는 아무도 없었다.

그녀가 남편을 차 안으로 겨우 밀어 넣었을 때, 누군가가 하품을 하며 여관 입구에서 나왔다. 간밤에 보았던 기타 치던 외국인이었다.

—Hey, How are you?

외국인이 손을 흔들며 물었다. 그녀의 입에선 저절로 영어가 나왔다.

—I am fine, thanks. And you?

그녀는 비를 맞으며 말했다. 중학교 1학년, 첫 영어 시간에 수십 번 따라 했던 영어 외에는 아무런 단어도 떠오르지 않았다. 외국인이 다시 길게 영어로 말했지만 더 이상은 알아들을 수 없었다.

—My son is guitar player. I go, I go.

그녀는 얼굴을 타고 흐르는 것이 눈물인지 빗물인지 알 수 없었다. 외국인이 손을 흔들자 그녀도 손을 흔들어주었다.

운전석에 앉았지만 한기만 느껴질 뿐 무엇을 해야 하는지 알 수 없었다. 면허를 딴 지 30년 가까이 지났지만 운전을 한 적은 몇 번 없었다. 시동을 켜고 와이퍼를 작동하는 데만 10분 이상이 걸렸다. 차 안으로 빗물이 밀려와 발목까지 잠긴 것 같았지만 차 안에 빗물은 없었다. 그녀는 가방에서 약을 꺼내 다시 씹었다. 무엇을 잘못 건드렸는지 라디오가 켜졌고 음악이 흘러나왔다.

공연까지는 여섯 시간도 남지 않은 듯했다. 서너 시간 정도 걸린다고 했으니 서두르지 않아도 돼. 그녀는 아주 긴 호흡을 했다. 그녀는 지금 자신이 두려운지 두렵지 않은지조차 알 수 없었다.

비에 젖은 거리는 혼자 심각한 표정을 짓고 있었다. 두 번째 시루를 설치해야 하는데. 못질을 누가 하지? 와이퍼가 빗물을 걷어내고 있었다. 초등학교 시절 학교에서 집까지 혼자 걷던 자신의 모습이 순간 떠올랐다. 가방이 무거워 툴툴거리고 있었다. 분식집에서 흘러나오는 냄새가 좋았다. 문구점 앞에서 새로 나온 스티커를 구경하고 있었다. 집으로 갔을 때 누군가가 선물을 가지고 방문하면 좋겠다는 생각을 했다. 그러자 기분이 좋아졌다. 무겁던 가방이 가볍게 느껴졌다. 날은 좋았고 시간은 충분했다. 어린 그녀는 나오지 않는 휘파람을 불며 집으로 걸어갔다.

계절마다 색이 있네. 라일락, 붉은 장미, 흰 버드나무.

그녀는 딸애에게 전화를 했지만 연결되지 않았다. 호우가 예상

되어 침수 가능성이 있다는 알림 문자가 다시 도착했다.

내비게이션을 켜자 목적지까지 328킬로미터가 남았음을 알렸다. 믿고 의지할 것은 차가운 음색의 기계뿐이었다. 그녀가 핸들을 돌리자 자동차는 묵직하게 움직였다. 빗물이 차창을 두드리듯 부딪쳤고, 차창을 타고 흘러내리는 빗물은 마치 콩나물 같았다.

—여보.

그녀가 조용히 불러보았다.

—여보. 출발한다.

그녀가 남해에 도착했을 때 그녀의 아들은 마지막 곡을 연주하고 있었다. 딸애가 다섯 번 정도 전화를 했지만 폭우 속에서 그녀는 전화를 받을 엄두가 나지 않았다.

남편이 마지막으로 수첩에 적은 것은 아내 몰래 관리하던 통장 번호였다. 잔액은 1,976,400원이었다.

어느 날 낯선 곳

고등학교를 졸업하던 해에 나는 배낭과 텐트를 가지고 혼자 여행을 떠났다.

그러나 집을 떠난 지 사흘 만에 텐트를 잃어버렸다. 주왕산이었다. 화장실과 매점에 다녀온 사이 텐트와 버너, 코펠 등을 누군가가 훔쳐 간 것이었다. 바로 옆 텐트에는 내 또래의 젊은이가 텐트 밖으로 발을 내놓은 채 누워 있었다. 4인용 이상의 큰 텐트였는데, 남자는 누워서 라디오를 듣고 있었고, 텐트 안에서는 한 여자가 짐 정리를 하고 있었다. 나는 남자에게 내 텐트가 없어졌는데, 혹시 누가 가져갔는지 알지 못하느냐고 물어보았다. 남자는 천천히 상체를 일으켜 고개를 내밀었다.

―조금 전에 두세 명이 와서 텐트를 걷어 가던데, 난 그 사람들이 주인인 줄 알았죠.

남자는 그렇게 말하면서 웃었다. 난 남자가 왜 웃는지 이해할 수 없었다. 텐트가 사라진 빈자리에 주저앉아 남아 있는 짐들을 챙겼다. 급하게 뒤졌는지 배낭 밖으로 옷가지 몇 벌이 나와 있었다. 배낭을 두고 간 것만 해도 다행이었다. 내가 배낭 안으로 물건들을 주섬주섬 집어넣는 사이 옆 텐트에 있던 여자와 남자가 밖으로 나와 배낭을 챙기고 있는 나를 구경했다. 바닥에 내동댕이쳐진 옷에는 흙이 잔뜩 묻어 있었고 또 다른 옷에는 텐트 도둑으로 보이는 사람의 발자국까지 찍혀 있었다. 옷에 찍혀 있는 발자국을 보고 있자니 옷이 밟힌 게 아니라 내 얼굴이 밟힌 것 같았다. 나는 발자국이 찍혀 있는 옷을 찢으려고 힘껏 잡아 벌렸다. 그러나 옷은 늘어나기만 할 뿐 찢어지지 않았다. 심하게 늘어나서 입고 다닐 수도 없을 것 같았다. 결국 옷을 배낭 안에 집어넣고는 그냥 산 아래로 내려갔다. 텐트가 사라진 자리는 습기가 촉촉하게 젖어 있어 잘 닦인 거울 같았다.

그해 나는 시내버스만을 이용해 전국 여행을 하고 있었다. 목적지는 없었다. 발에 차이는 돌멩이처럼 구르던 시절이었다. 시내버스를 타고 시 외곽까지 간 다음 다른 도시나 마을로 가는 시내버스를 타는 식이었다. 잠은 텐트를 이용해 노숙했고, 코펠과 버너를 이용해 끼니를 때웠다. 늦은 봄이었고, 모기만 피한다면 텐트를 치기에 적당한 강가나 산은 많이 있었다. 사흘 만에 예상보다 빨리 주왕산까지 갔었는데 그만 텐트와 용품들을 도난당한 것이었다.

산을 완전히 내려오자 화가 났다. 옆 텐트에 있던 남자의 웃음이 머릿속에서 떠나질 않았다. 음악을 들으려 소형 카세트 플레이어를 찾았지만 그것마저 훔쳐 간 모양이었다. 고등학교 시절 음악을 좋아하던 친구들끼리 모여 '시궁창'이라는 밴드를 결성한 적이 있었다. 정말이지 시궁창 같은 나날이었다. 내가 다니던 고등학교는 공휴일과 일요일까지 학교에서 자습을 해야 했다. 그것도 새벽부터 밤까지. 학생들이 담을 타 넘는 것을 막기 위해 학교 측에선 담 위에 철조망을 설치했었는데, 노을이 걸려 있을 때 보면 학교가 아니라 꼭 수용소 같았다. 학생들은 참고서와 문제집을 단단한 성곽처럼, 그리고 각종 색깔의 볼펜을 요격용 미사일처럼 쌓아두고 결전을 준비하고 있었다. 시궁창 밴드의 멤버들이 전선에서 일찌감치 나가떨어진 패잔병들이었다면 나는 탈영병이었다.

하루는—아마 토요일이었거나 아니면 일요일이었을 것이다—시궁창 멤버들과 치킨을 먹기 위해 학교를 몰래 빠져나간 적이 있었다. 학교에서 그리 멀지 않은 곳에서 우린 치킨과 함께 생맥주를 딱 한 잔씩 마셨다. 누군가가 술 냄새를 없애기 위해 목욕을 제안했고, 우리는 목욕탕으로 갔다. 기분 좋게 샤워를 한 다음 우리들은 사우나에 들어가서 이런저런 이야기를 나누었다. 5분 정도 있다가 나가려 하는데 사우나 문 바로 앞에서 학생과장 선생님과 체육선생님이 등을 밀고 있었다. 학생과장 선생님은 별명이 '피바다'였는데, 교실 바닥에 피가 바다를 이룰 때까지 때린다고 해서 붙여진별명이었다. 체육 선생님은 배구 선수 출신으로 손바닥이 야구 글러브만큼이나 컸다. 선수 시절 강한 스파이크를 날리던 선수였으니 오죽했을까. 어쨌든 스파이크를 내리꽂듯이 한 대 맞고 나면 두어 시간은 정신을 차릴 수 없었다. 그런 선생님 두 분이 문 앞에 앉아 계시니 우린 사우나 안에 꼼짝없이 갇혀 있을 수밖에 없었다. 더구나 우리들의 얼굴은 학교에서도 이미 유명한 얼굴들이어서 그선생님들이 우릴 알아보지 못할 리가 없었다. 얼마쯤 시간이 흘렀을까? 숨 막히는 사우나에서 나는 기진맥진하여 의자에서 일어날힘도 없었다. 멤버 중 한 명은 구토를 참지 못하고 구역질까지 하려 했다. 서로 번갈아 등을 밀던 선생님들이 자리를 뜨자 친구들대부분은 문을 열고 나갔지만 나는 어지러워서 의자에서 도저히일어날 수 없었다. 친구 두 명이 다시 들어와 나를 부축해서 안고나갈 때까지 나는 눈도 뜰 수 없었다. 휴게실에서 겨우 정신을 차려 옷을 입으려 하는데 친구들이 내 엉덩이를 보고는 한참을 웃었다. 얼마나 오래 앉아 있었으면 마치 낙인이 찍히듯이 사우나 의자에 있던 상표가 내 엉덩이 한 가운데 찍혀 있는 것이었다. '사우나 의자, 신안등록 어쩌고저쩌고' 하는.

물론 몇 시간이 지나 그 낙인은 사라졌지만 내 마음에서는 사라지지 않았다. 가늠할 수 없는 혼란만이 무성하게 자라던 시절이었다. 중·고등학교 시절에 나는 형이 두고 갔던 책들을 읽는 것이 좋았다. 나에겐 나이 차가 많이 나는 형이 있었는데, 형은 어릴 때부터 무척 소문난 수재였고, 영화와 문학에 도통했으며 하다못해 당구와 바둑, 포커까지도 수준급이었다. 외국 소설에서부터 한국 소설까지 형이 읽던 책들을 읽는 게 유일한 낙이었는데, 그중에서 최인호의 소설 『고래사냥』에 나오는 짧은 이야기에서 나는 충격을 받았었다. 주인공인 병태가 아르바이트생으로 위장하여 엉터리 문제집을 집집마다 찾아다니며 팔러 다니는 대목이 있는데, 한 아이와 문제집에 나온 문제를 함께 푸는 장면이 있다. 문제는 다음과 같다.

자전거, 냉장고, 자동차, 기린. 넷 중에서 다른 것을 골라보시오.

아이는 냉장고라고 말한다. 그러자 답을 본 엄마는 아이에게 아니라고 말한다. 문제지 답안에는 기린이 정답이라 되어 있기 때문이다. 엄마는 아이에게 다시 잘 생각해보라고 말한다. 그래도 아이가 '냉장고'라고 말하자 엄마는 화를 낸다. 이 바보 멍청아, 답이 기린인데 왜 자꾸 냉장고라고 말하니? 기린은 동물이고 다른 건 모두 사람들이 만든 물건이잖아. 그러자 아이가 울면서 말한다. 다른 건 다 달릴 수 있는데 냉장고는 달릴 수 없잖아요. 그러나 엄마는 정답과 다르다며 아이를 크게 꾸짖는다. 물건을 팔고 나온 병태는 말한다. 꼬마의 말대로 냉장고는 움직일 수 없으며 기린은 달릴 수 있다. 꼬마의 말은 그러므로 진실이다. 그렇다. 자동차도 날 수 있으며 날 수 있는 것이 그것뿐이겠는가. 꼬마의 의식 속에선 해도, 지구도, 달도, 로봇도, 나무도, 산도 모두 달리고, 날 수 있는 것이다.

주인공 병태와 꼬마의 생각은 나에게 고민을 안겨주었다. 왜 답은 하나인가? 왜 정답만 고집해야 하는가? 문제에는 오류가 없는가? 무엇이 정답인가? 정답은 절대적으로 진실인가? 생각들은 꼬리에 꼬리를 물고 나를 괴롭혔다. 고등학교에 입학한 지 얼마 지나지 않아 내 고민은 더욱 커져만 갔다. 크게 걱정을 끼치는 문제 학생은 아니었지만 그때부터 내 마음은 자리를 잡지 못하고 방황하기만 했다. 휴일도 없이 매일 학교에 가서 자습을 한다고 앉아 있었지만 나는 소설책을 읽거나 음악을 들었다. 소설이 없었으면 나는 문제아가 되었거나 정신병자가 되었거나 테러범이 되었을 것이다. 소설을 읽으면서 분노를 잊고 보다 큰 문제, 그러니까 입시와 관련된 수학 문제가 아니라 삶이나 인간, 이런 것들에 대한 관심을 가지게 되었다. 기술과 문명이 행복이라면 나무나 강은 행복하지 않은 것들일까? 나로서는 알 수 없었다.

정답을 알기 위해 마냥 떠도는 삶. 나는 그런 삶을 꿈꾸며 고등학교 시절을 보냈다. 그리고 졸업을 하고 얼마 지나지 않아 간단한 짐을 들고 떠난 것이었다.

주왕산 입구에서 차편을 알아보고 있는데 버스 정류장에서 그리 떨어지지 않은 곳에서 2층짜리 신축 건물을 짓고 있는 것이 보였다. 나는 일손이 필요하지 않은지 물어보았다. 미장이나 용접 같은 특별한 기술도 없는 나를 써줄 리 없었지만 일당의 반만을 받고서라도 일을 하고 싶었다. 여비가 필요한 이유도 있었지만 어쩐 일인지 몸을 혹사시키고 싶었다. 그때부터인지 아니면 그 전부터 그랬는지 잘 알 수 없지만 언제부턴가 자학하는 버릇이 내게 생겼다. 그해부터 시작한 여행을 다니면서 갖은 노동을 내 몸에 주입시켰다. 수박 과수원에서 하루 종일 외발 수레로 수박을 나르기도 했고, 양계장에선 마스크도 착용하지 않고 며칠씩 닭똥을 치우기도 했다. 태백에 갔을 때는 탄광촌에 들어가고 싶었지만 심사에서 떨어져 탄광촌 부근만 배회하다 돌아오기도 했다. 가장 오래 했던 일은 안경테를 만드는 공장에서 프레스로 금도금 입힌 안경테를 자르는 일이었다. 야근까지 신청하여 아침부터 밤까지 마치 무한하게 반복될 것만 같은 단순노동을 하고 나면 몸이 무거워지는 것이 아니라 오히려 가벼워졌다. 자취방에 누우면 딱딱한 바닥은 금세 구름이 되었고, 내 몸 안에는 수소가스가 가득하여 붕붕 떠다니는 것만 같았다.

안경 공장에 다니면서 내 또래의 젊은 친구를 사귀었는데, 공장에 다니는 동안 그 친구의 자취방에서 함께 머물렀다. 그 친구는 일종의 전문 산악인이었다. 그 친구는 돈을 모아 에베레스트 산을 오르고 싶어했다. 그때까지 에베레스트 산에도 입장료가 있는지조차 모르고 있던 나로서는 그가 말하는 산 이야기가 무척 재미있었다. 그는 방 안의 벽에다 산 사진과 등산장비 사진 등을 잔뜩 붙여놓았는데, 산에 대해 전혀 무지한 내가 보아도 반할 만한 멋진 사진들이었다. 그 친구의 방에서 잘 때면 히말라야를 오르는 꿈을 자주 꾸었는데, 정상을 바라보며 오르고 있으면 산을 오르는 것이 아니라 마치 하늘을 오르고 있는 것 같았다. 펄럭이는 바람 소리와 눈썹 위에 달라붙어 있는 고드름, 거친 호흡을 할 때마다 뱉어지는 숨결, 그리고 막연한 공포감이 뒤범벅되어 꿈속에 달라붙어 있었다.

─8천 미터가 넘으면 고체로 된 음식을 먹을 수 없어. 추위와 산

소 부족으로 하루에 4리터 가까운 물을 마셔야만 해. 물론 꿀이나 비타민을 듬뿍 넣어서 말이야.

그 친군 잠들기 전에 항상 에베레스트 등반에 관한 이야기를 들려주었다. 그 친구의 말을 듣고 있으면 좁은 자취방은 이내 고산지대에 친 텐트로 변했고, 거리에서 거칠게 다니는 트럭의 소리가 빙벽을 가르고 달려오는 바람 소리 같았다.

내가 그를 부러워한 것은 다른 게 아니라 그가 가지고 있는 목적 때문이었다. 그에겐 뚜렷한 목표가 있었다. 그러나 나에겐 그 어떠한 목표나 목적도 없었고, 하다못해 무엇을 해야 할지 갈피조차 잡을 수 없었다. 모든 게 정답이자 오답인 것 같았고, 문제에 가까이 가면 갈수록 답은 더욱더 멀어지고 있는 것 같았다.

그날 주왕산 입구에서 반나절 이상을 일했다. 철근을 자르고, 모래나 시멘트를 지고 오르내리는 잡일이었다. 손바닥이 부르터서 해머와 망치를 들기 힘들 때까지 철근을 자르고 나자 나는 나를 용서할 수 있을 것만 같았다. 바보 같은 놈, 멍청이. 나는 철근을 자를 때마다 그리고 물통이나 시멘트를 지고 오르내릴 때마다 그렇게 생각했다.

숙박료를 생각하면 텐트 없인 더 이상 여행을 할 수 없었다. 밥을 일일이 사 먹을 수도 없었고, 경비를 마련하기 위한 일이 계속

있으리란 법도 없었다. 시내버스만으로 한 달 이상을 여행하겠다
는 계획은 무산되었다. 공사장에서 받은 돈으로 나는 대구까지 돌
아가는 직행버스 표를 끊었다. 내가 하는 일이 다 그렇지 뭐. 버스
에 올라탄 나는 계속 중얼거렸다.

2

어떻게 그 마을까지 가게 된 것인지는 잘 모르겠다. 시기도 분
명하지 않고 지명도 정확하게 떠오르지 않는다. 아마도 경기도와
강원도 사이였던 것 같다. 틈만 나면 여행을 떠났기 때문에 또 유
명 관광지를 찾아가는 여행이 아니라 목적지도 없이 떠났기 때문
에 충청도인지, 경북 내륙 지방이었는지조차도 확실치 않다. 대학
시절엔 거의 매일 술을 마셨다. 시위에 참여하는 친구들이 많았고
나는 그 친구들의 이야기를 들으며 술을 마셨다. 술을 마시지 않는
날엔 도서관에서 소설책을 빌려 와 읽었다. 돈에 대한 아쉬운 생각
이 들 때는 책 살 돈이 턱없이 부족할 때였다. 세상에는 소설을 잘
쓰는 작가가 너무도 많았고, 좋은 책을 읽을 때면 중요한 부분에
표시를 하고 싶었고 또 소장하고 싶었다. 그러나 도서관에서 빌려
온 책에 그럴 수는 없었다. 방학 때마다 갖은 일을 다 했지만 대부

분 여행 경비로 써버렸다. 기회만 되면 책 몇 권과 소형 카세트 플레이어를 들고 여행을 떠났는데, 친구들과 함께 간 여행도 많았지만 나는 혼자 가는 여행을 좋아했다. 친구들과 가는 여행의 대부분은 도착 첫날부터 떠나는 날까지 진탕 술만 마시는 여행이 대부분이었다. 도시에서 지내는 것과 다를 바 없는 여행이어서 나는 혼자 가는 여행을 좋아했다.

늘 그랬듯이 목적지는 없었다. 목표가 있는 친구들이 늘 부러웠다. 자격증 취득을 위해 학원을 다니거나 외국어를 배우기 위해 새벽반에 다니거나 사회의 모순을 위해 싸우는 친구들을 보면 늘 부러웠다. 나는 무엇을 해야 하는지 알 수 없었고, 그저 내가 할 수 있는 일이라곤 몸이 무너져 내릴 때까지 혹사하는 일뿐이었다. 연애를 한 번쯤 해보고 싶었지만 단 한 번도 하지 못했다. 아무런 목표도 없고 재주도 없으며, 술만 마시는 주정꾼을 좋아하는 여자는 단한 명도 없었다. 친구들이 많아서 그런지 바쁘긴 항상 바빴다. 공부를 잘하는 친구들부터 어린 나이에 조직폭력단에 들어가서 무기징역을 받은 친구까지 나에겐 모두 소중한 친구들이었다. 우리나라에서 대구에 있는 화원교도소에 가장 빈번하게 면회를 다닌 사람은 아마 나일 것이다. 내가 가장 싫어하는 영화는 한국에서 조폭을 다룬 영화들인데, 머리에 썩은 단무지만 들었는지 도대체 무슨 생각으로 그렇게 만드는지 알 수가 없다. 하긴 열광해서 보는 관객들이 있으니 계속 생산되는 것이겠지.

어쨌거나 그날은 무척이나 더웠다. 흘러내리는 촛농처럼 몸이 축축 처지던 날씨였다. 하루에 기차가 한두 번 정도 정차하는 간이역 부근이었다. 철로는 끓고 있는 용광로 같았고, 역사 안은 한증막처럼 더웠다. 땀방울처럼 굵은 아지랑이가 곳곳에서 피어오르고 있었다. 역사를 중심으로 단층짜리 건물들이 드문드문 서 있었고, 포장된 도로가 1, 2킬로미터쯤 이어져 있다가 나머진 흙길로 뒤덮여 있는 평범한 마을이었다.

그런데 뜻밖에도 역에서 멀리 떨어지지 않은 곳에 '기찻길'이라는 간판을 단 카페가 있었다. 농약을 파는 가게와 방앗간 사이에 외롭게 서 있는 카페는 이질적인 분위기를 넘어 왜소해 보였다. 그 앞을 서성이는데 카페에선 조용하게 브루스 스프링스틴의 「The River」란 노래까지 흘러나오고 있었다. 「The River」는 내가 좋아하는 노래 중 하나였다. 신기한 마음에 나는 곧바로 카페로 올라갔다. 카페는 2층이었다. 계단에선 건초 냄새가 풍겼다. 문을 열고 들어갔을 때 주인으로 보이는 여자 외에는 아무도 없었다. 늦은 오후였지만 밤이 되어도 사람들로 붐빌 곳은 전혀 아니었다. 1미터 남짓한 바와 테이블이 서너 개밖에 있지 않은 아주 좁은 카페였다.

출입문 옆 벽에는 농민회 소식을 담은 회보가 붙어 있었고 다른 벽에는 아마추어 화가가 그린 것 같은 그림 몇 점이 붙어 있었다. 나는 테이블에 앉으려다 주인이 있는 바에 앉았다. 주인은 20대 후반에서 30대 초반 정도로 보이는 여자였다. 주인 여자는 나를 흘깃 보더니 메뉴를 내놓았다. 나는 맥주를 시켰다.

—이런 곳에서 브루스 스프링스틴의 노래까지 들을 줄 몰랐어요.

—이런 곳이 어떤 곳인데요?

무표정한 얼굴로 여자가 물었다.

—저는 그냥…… 도시와는 많이 떨어진 곳이라서.

—여기서 3, 4킬로미터만 가면 농공단지가 있어요. 대학생들 엠티도 가끔 오는 곳이고요.

여자는 대수롭지 않다는 듯이 말했다.

—그렇게 말하는 손님은 어디서 왔어요?

—화성에서요.

—화성? 우주에 있는 화성?

—네, 우주에 있는 화성. 사실 전 지구인이 아니랍니다. 지구인들을 염탐하러 온 외계인입니다.

그때 내가 왜 그런 말을 했는지 잘 기억나지 않는다. 그런데 그렇게 말하고 나니 내가 정말 지구인이 아니라 먼 외계에서 온 것 같았다. 여자는 내 농담에 미소를 지었다. 메뉴를 내놓을 때 짓던 쌀쌀한 표정이 많이 수그러들어 있었다.

　─그럼 화성인들의 언어는 어때요? 그들도 말을 하나요?

　─당연하죠. 화성에서 사용하던 억양이 남아 있어서 제 말투가 이래요. 지구인의 귀에는 마치 경상도 사투리처럼 들리겠지만요.

　─그렇군요. 전 당신이 경상도에서 온 줄 알았어요. 깜빡 속겠어요. 위장을 잘하시는군요. 그나저나 화성에선 무얼 하셨어요?

　─매춘을 했습니다.

　─매춘?

　여자는 웃었다. 약간의 냉소와 비웃음이 섞여 있는 웃음이었다.

　─얼굴을 보니 돈은 못 벌었겠어요.

　여자는 빈정거리는 듯 말했다.

　─네, 그런 셈이죠. 그런데 화성인 여자들은 동정심이 아주 많거든요. 그래서 굶어 죽진 않았어요. 또 화성인 여자들은 별미도 좋아하고요.

　맥주는 차갑지는 않았지만 그럭저럭 마실 만했다.

　─얼마 전에 텔레비전에서 「V」라는 드라마를 봤는데. 지구에 침공한 외계인들과 싸우는 미국 드라마 말이에요.

―알아요. 저도 가면을 벗으면 똑같아요. 며칠 전에 미국으로 파견된 화성인 친구에게서 전화가 왔더라고요. 그 드라마 때문에 활동에 지장이 많다고. 일본으로 간 화성인 친구는 연락이 완전히 단절되었어요. 정체가 발각되어 죽었을 수도 있고, 아님 지구인으로 귀화했는지도 모르죠.

　―당신은 왜 한국으로 왔어요? 다른 나라도 많은데.

　―지구까지 운전해준 화성인이 많이 취해 있었거든요. 아마 착륙 단추를 잘못 눌렀는지도 모르죠. 태어나는 게 자신의 의지가 아니듯이 말입니다.

　―후회하나요? 한국에 떨어진 것 말이에요.

　―지금까진 그랬어요. 그런데 여길 오니 편안해졌어요. 전 외계인이어서 늘 외톨이었거든요.

　그 말은 진심이었다. 낯선 여자였지만 내 농담에 발맞추어주는 게 고마웠고 따뜻했다. 선풍기 바람에 여자의 머리카락이 흩날렸다. 머리카락이 날릴 때마다 여자는 머리카락을 감쌌다.

　―혹시 '스팅'이란 가수의 음반이 있나요? 그 가수가 부른 노래 중에서 「Englishman in New York」이란 노래가 있는데, '나는 외계인이다. 뉴욕에 불법 체류한 외계인이다'라는 노랫말이 나와요.

　여자는 어깨를 으쓱했다.

―없는 것 같아요. 대신에 제가 제일 좋아하는 노래를 들려드릴까요? 브루스 스프링스틴도 아는 걸 봐서는 지구인들의 노래를 잘 아시는 것 같은데.

여자는 턴테이블로 가더니 리 오스카의 음반을 올려놓았다. 잠시 트랙을 긁는 잡음이 일더니 곧이어 금방이라도 아침 해가 떠오를 것만 같은 하모니카 소리와 함께 「My Road」가 흘러나왔다.

여자는 노래가 나오는 걸 확인하자 내 앞으로 와서 다시 앉았다. 우리는 말없이 노래를 들었다. 그러다가 나는 휘파람으로 따라 불렀고, 여자는 작은 소리의 허밍으로 흥얼거렸다. 나의 길. 나의 길. 나의 길. 끝나지 않을 것 같은 하모니카 소리와 함께 수없이 많은 길들이 보였다.

내가 걸어왔던 길. 여행을 다니면서 수없이 걸었고, 지나쳤고, 보았던 그 길들. 비에 젖은 길. 흙먼지가 피어오르던 길. 새벽이슬이 눈물처럼 내려앉아 있던 길. 버스가 지나간 뒤 움푹 패어 있던 길. 술에 취해 내가 주저앉아 있던 길. 도시의 네온사인을 받아 멍든 것처럼 보이던 길. 누나의 손을 잡고 학교로 걸어가던 길. 아버지와 캐치볼을 하던 골목길. 자전거를 타던 길. 흰 눈에 뒤덮인 채 아무런 소리도 내지 않던 길. 어머니와 시장 보러 가던 길. 친구들이 시위를 하던 길. 내 발길이 닿았던 그 모든 길들.

철컥, 하고 소리를 내며 음반을 긁던 바늘이 올라갔다. 노래가 끝나자 나는 맥주잔을 비웠다.

—아세요? 사실 저도 외계인이라는 걸 말이에요.

여자가 그날 나에게 왜 그런 이야기들을 해주었을까? 여자는 남성을 좋아하는 것이 아니라 여성을 좋아한다고 말했다. 여자는 대학교를 중퇴하고 근처에 있다는 농공단지에서 일했다고 했다. 거기서 일하면서 한 여인을 좋아하게 되었다고 했다. 그리고 한 남자가 있었다고 했다. 그 남자는 노동운동을 하던 남자로 막 꾸려지기 시작한 노동조합의 간부라고 했다. 그들은 함께 노동조합을 꾸려나가던 사이였다고 했다. 그 남자가 여자를 좋아했다고 했다. 그러나 여자는 다른 여인을 좋아했다. 남자가 그 사실을 알게 되었고 남자는 여자에게 노동조합을 떠나달라고 권유했다고 했다. 노동조합의 도덕성을 이야기했다고 했다. 자신도 동성애에 반대하는 건 아니지만 아직까지 성에 대해 보수적인 국민들의 정서는 무시할 수 없다고 했다. 소문이 나면 막 시작한 노동조합에 치명적인 상처를 남길 수 있다고 했다. 여자는 떠날 수 없다며 버텼다. 남자는 여자에게 쏟던 정성을 여자가 좋아하던 여인에게 쏟았다고 했다. 남자와 여인은 여자가 보는 가운데 결혼을 했다. 결혼식 이후에 여자는 노동조합을 떠났고, 공장을 떠났다. 몇 달 전에 '기찻길'이란 카

폐를 열었다고 했다. 하루에 한 번씩은 꼭 「My Road」를 듣는다고 했다. 노래를 들으면서 자신의 길이 무엇인지에 대해 생각해본다고 했다. 그러나 답은 언제나 없다고 했다. 장사는 잘 안 된다고 했다. 도시나 큰 마을로 떠나고 싶은데 이상하게도 잘 되지 않는다고 했다. 자신은 겁이 많다고 했다. 겁이 많기 때문인지는 몰라도 떠나는 것이 쉽지 않다고 했다. 나처럼 여행을 잘 다니는 사람을 보면 부럽다고 했다. 여자는 카메라를 사고 싶다고 했다. 여행을 다니면서 그것으로 사진을 찍고 싶다고 했다.

—그 사람들은 자신의 길들을 잘 가고 있는 거겠죠?

여자가 물었지만 여자가 그랬던 것처럼 나는 어깨를 으쓱할 뿐이었다. 이상하게도 슬펐다. 여자의 건조한 이야기를 들으면서 농담처럼 살아온 우스꽝스런 내 모습이 자꾸만 보였다. 나는 여자를 바라보았지만 여자는 고개를 돌린 채 재킷만 뚫어져라 보았다. 머릿속에서 리 오스카의 하모니카 소리가 떠나질 않았다.

나는 여자에게 「My Road」를 더 듣고 싶다고 했다. 술을 많이 마시지 않았지만 취기가 올랐다. 그래도 술을 더 마시고 싶었다. 몸을 또다시 혹사시키고 싶다는 생각이 들었다. 여자의 손을 잡고 싶었지만 용기가 나지 않았다. 해가 기울고 있었고 등 뒤로 불어오는 바람이 서늘했다. 하모니카 소리가 바람에 실려 둥둥 떠다녔다.

여자는 나에게 맥주를 내준 뒤 턴테이블 앞에 앉아 턱을 괴었다. 나는 마른안주를 가끔 집어 먹으며 혼자 술을 마셨다. 여행을 다니면서 보았던 집들과 사람들이 하나둘 떠올랐다. 모두 평범한 집들이었고 평범한 사람들이었다. 그러나 나는 그들과 함께할 수 없을 것만 같았다. 어쩌면 나는 정말 외계인일지도 모른다는 생각이 들었다.

카페 문을 닫을 때까지 손님은 단 한 명도 들어오지 않았다. 나는 하룻밤 묵을 숙박비와 집으로 돌아갈 차비만 남기고 나머지 돈을 모두 카페에서 술 마시는 데 썼다. 여자가 문을 잠글 때까지 나는 비틀거리면서 함께 있었다. 여자와 나는 여관까지 걸어갔다. 여관은 여자의 소개로 조금 싸게 얻었다. 여자와 나는 여관 앞에서 헤어졌다. 나는 여자가 보이지 않을 때까지 서 있었다. 여관방에 들어와 누웠지만 잠이 오지 않았다. 여자에게 함께 술을 마시자고 말하지 않은 게 후회되었다. 그러나 좁은 여관방에서 함께 술 마시자고 말하는 것 자체가 그 여자에게 큰 실례가 될지도 모른다는 생각이 들었다. 술에 잔뜩 취해 몸을 가누기 힘들었지만 이상하게도 잠은 오지 않았다. 천장에 매달린 둥근 형광등이 토성의 고리처럼 빙빙 돌았다.

다음 날 나는 오후에 눈을 떴다. 짐을 챙겨 여관에서 나와 곧바로 여자를 찾아갔다. 여자는 나에게 커피를 타주었다. 역시 손님은 아무도 없었다.

　—계획을 앞당겨 오늘 돌아가려고요. 어제 술값으로 돈을 다 써버렸거든요.

　여자가 술값의 일부를 돌려주겠다는 걸 나는 말렸다.

　—걱정 마세요. 조만간 다시 올 거예요. 이다음에 올 때 공짜 술을 주시면 돼요. 그렇게 약속하셔야 제가 다시 찾아오죠.

　여자는 나에게 지구에서 앞으로 뭘 할 건지 물었다. 나는 여자에게 소설을 쓸 거라고 말했다. 지독한 농담처럼 아무런 생각 없이 내뱉은 말이었다.

　—와우, 신난다. 그럼 제가 첫 독자가 되겠어요.

　여자는 밝게 웃었다.

　—제가 첫 책을 내면 사진기를 선물할게요.

　내가 그렇게 말하자 화장을 하지 않은 여자의 얼굴이 맑은 하모니카 소리처럼 퍼졌다. 나는 커피를 다 마신 다음 여자와 인사를 나누고 떠났다. 집으로 돌아가는 기차는 무척 흔들렸다. 차창 밖에선 나무도 흔들렸고 강도 흔들렸다. 그런데 그것은 사실 내가 흔들린 것이리라. 내 몸이 흔들린 것이지 나무나 강이 흔들리고 있었던 것은 아닐 터였다. 난 참 바보 같은 놈이구나, 라고 중얼거렸다. 내가 흔들렸지만 세상이 흔들린다고만 생각한 내가 한심하기만 했다. 기차 안에서 여자를 떠올렸다. 지저분한 내 농담에 흔들림 없이 솔직하게 말하던 여자의 얼굴이 떠나질 않았다. 그러다가 여자의 이름을 묻지 않은 게 생각났다. 바보처럼.

나는 여자에게 했던 약속을 지키지 못했다. 조만간 찾아가겠다고 말했지만 찾아가지 않았다. 여전히 도시에서 술을 마시며 지냈고, 친구들의 이야기를 들었고, 소설책을 읽으며 음악을 들었다. 「My Road」를 들을 때마다 그녀가 떠올랐지만 찾아갈 기회는 쉽게 오지 않았다. 할 일 없이 바빴고, 흔들리는 부표처럼 멍청하게 지냈다. 그 후로도 여행을 가긴 갔지만 혼자 가는 여행은 점점 줄어들었고, 친구들과 함께한 요란한 여행만 늘었다.

3

1994년 봄이었다. 그날도 술을 마시고, 아무것도 기억하지 못한 채 잠든 날이었다. 라디오를 켜놓고 잠든 모양이었다. 어디선가 들려오는 하모니카 소리에 불현듯 눈을 떴는데, 라디오에서 들려오던 하모니카 소리는 리 오스카의 「My Road」였다.

해가 막 떠오르고 있었고, 나는 음악이 끝날 때까지 가만히 누워 있었다. 방 안에 있던 사물들이 서서히 윤곽을 드러내고 있었다. 나는 희미해져가는 어둠 속에서 그것들을 지켜보았다. 사물들의 색깔들이 검은색에서 파란색으로 바뀌더니 이내 제 색을 띠기 시작했다. 방 안은 사물들의 제 색 찾기와는 상관없이 여전히 조용했고, 어디선가 달그락거리며 새벽밥을 준비하는 소리들이 들려왔다. 나는 자리에서 일어나 창문을 열었다. 전조등을 켠 버스가 지나갔고, 거리를 청소하는 환경미화원이 보였다. 교복을 입은 여고생이 맞은편에 있는 골목에서 빠져나왔고, 트럭 한 대가 깜빡이를 켜고 정차했다. 새벽의 거리는 슬퍼 보였다. 나는 라디오를 끈 다음 냉장고에서 물을 꺼내 마셨다. 물을 마시면서 거리와 길을 마냥 바라보았다. 시간이 흐르자 사람들과 자동차들이 하나둘씩 나타났다.

  나는 창문을 닫고 의자에 앉았다. 그리고 소설을 쓰기 시작했다. 아니 소설을 쓰고 싶다는 강렬한 끌림에 달라붙어 나는 흰 종이에 글을 써 내려갔다. 글을 쓰면서, 이것이야말로 아주 긴 여행이 될지도 몰라, 라고 중얼거렸다. 아침의 부산스러움이 창밖에서 어른거렸고 그날 한밤중이 될 때까지 나는 쓰고, 쓰고 또 썼다. 지구는 그날도 자전하고 있었고, 그 자전에 몸을 맡긴 채 길 위에 서 있는 내가 보였다.

닭
똥
과 요
산

여자는 텅 빈 기차 레일을 바라보았다. 희붐하게 해가 떠오르고 있었고 아무런 소리도 들리지 않았다. 길게 뻗어 있는 기찻길은 마치 잠든 것처럼 보였다. 너무도 조용해 고요함이 물처럼 고이다 그대로 얼어버린 것 같았다.

여자는 기찻길을 따라 걸었다. 산새들의 소리도 들리지 않았다. 오직 들리는 소리는 여자의 발자국 소리뿐이었다. 코끝에 닿는 새벽의 공기는 차가웠다. 이른 봄이었지만 공기는 아직까지 단단한 얼음 같았다. 손가락으로 건드리면 유리처럼 깨질지도 몰라, 라고 여자는 생각했다.

낮게 엎드린 건물들이 하나둘씩 나타났고 그보다 약간 높게 엎드려 있는 기차역이 보였다. 건물들은 낡은 게 아니라 늙어 보였다. 역 앞에서 여자는 뒤를 돌아 자신이 떠나온 곳을 보려 했지만 찾을 수 없었다.

대합실은 열려 있었지만 역무실과 매표소는 닫혀 있었다. 가끔씩 불어오는 바람 때문에 창문이 덜컹거렸다. 난방이 되지 않아 창문마다 희뿌연 서리가 가득 피어 있었다. 삐걱대는 나무 의자에 여자는 깊숙이 몸을 밀어 넣었다. 여자는 의자에 앉아 매표소 위에 달려 있는 열차 시간표를 올려다보았다. 숫자가 드문드문 박혀 있는 시간표는 마치 탁상달력 같았다.

역무실 문이 열렸고, 맨 위에 있는 단추를 채우며 역무원이 나왔다. 당직을 선 탓인지 역무원의 얼굴엔 아직까지 잠이 묻어 있었다.

—첫 기차는 한 시간 반 후에 있어요.

역무원은 여자를 지나 자판기로 향했다. 자판기에서 커피를 뽑은 역무원은 여자를 곁눈질로 쳐다보다가 매표소 안으로 들어갔다. 대합실에 커피 냄새가 잠시 떠다녔다. 여자는 의자 옆에 있는 간이 책꽂이에서 철 지난 잡지 한 권을 꺼냈다. 표지는 심하게 구겨져 있었고 그 때문에 표지를 장식한 여인의 얼굴이 기이한 미소를 짓고 있었다.

여자는 건성으로 페이지를 넘겼다. 그러다가 공연을 소개하는 코너에서 멈췄다. 사라 케인의 작품이 초연된다는 소식이었다. 여자는 조용하게 사라 케인이라는 이름을 읊어보았다. 낯선 이름이 었지만 입안에서 맴도는 느낌이 좋았다. 잡지에는 공연 소개와 함께 사진도 몇 장 실려 있었다. 발레복을 입은 무용수들이 꽃봉오리처럼 팔을 모으고 있는 사진이 있었고, 두 팔을 위로 한 채 점프를 하는 사진이 몇 장 있었다. 여자는 손가락으로 발레리나의 신체 곡선을 따라갔다. 낯선 외국인의 이름이 입안에서 맴돌 때마다 달콤한 크림이 생각나며 침이 돌았다.

육중한 소리를 내며 화물열차가 지나갔다. 여자는 잡지를 덮고 화물열차를 잠시 쳐다보았다. 열차가 지나가자 들꽃 향과 흙냄새가 풍겨왔다. 햇빛은 어느새 밝았고, 길게 뻗은 레일이 칼자국처럼 빛났다. 여자가 레일을 보고 있을 때 교복을 입은 여학생 한 명이 대합실로 들어왔다. 여학생은 여자와 눈이 마주치자 잠시 뒤로 물러섰다. 그러다가 화장실로 들어갔다. 여자는 잡지 안의 사진을 다시 보았다. 발레리나들의 곱게 비튼 손목과 긴 목 그리고 레일처럼 곧게 뻗은 두 다리가 여자의 눈을 사로잡았다. 화장실에 들어갔던 여학생이 교복을 갈아입고 나왔다. 엉덩이 윤곽이 잘 드러나는 청바지에 가벼운 점퍼 차림이었다. 여학생은 배낭 하나만을 두고 나머지 가방을 코인로커에 넣었다.

여자는 잡지를 들고 천천히 일어나 매표소로 갔다.

—이거 살 수 있나요?

역무원이 고개를 내밀려 했지만 투명한 플라스틱 칸막이에 막혔다.

—이 잡지 말이에요.

여자는 잡지를 들어 역무원에게 보여주었다. 표지를 장식한 여인의 얼굴은 여전히 구겨져 있었다.

—파는 건 아닌데…….

역무원은 그렇게 말하고 더 이상 말하지 않았다. 여자와 역무원은 칸막이를 사이에 두고 말없이 서로를 보았다. 여자는 매표소 앞에 한동안 서 있다가 의자로 돌아가서 앉았다. 여학생이 웃으면서 여자를 보았다. 비웃음과 조롱이 섞인 웃음이었다. 여자는 얼굴이 붉어졌다. 여자는 여학생의 눈길을 피해 잡지를 제자리에 두었다.

첫 기차가 들어올 시간이 가까워지자 여자는 막연한 두려움을 느꼈다. 시장에 내놓을 채소를 수레에 가득 실은 할머니가 왔고, 중년부부 한 쌍과 신문을 손에 든 남자가 역사 안으로 들어왔다. 사람들이 많지 않았지만 대합실이 워낙 작아 사람들로 금세 붐볐다. 여자는 아는 사람을 만날까봐 두려웠다.

역무원이 말한 시간이 되자 기차가 들어왔다. 기차 창문에는 깊고 붉은 봄의 산이 반사되어 있었다. 여자는 고개를 숙인 채 기차에 올라탔다. 딸꾹질을 하는 것처럼 기차가 움찔거렸고, 이어 천천히 레일 위를 미끄러지기 시작했다. 기차가 움직이자 작고 늙은 건물들이 창문에 유령처럼 다가왔다가 뒤로 물러섰다. 여자는 역사가 멀어지는 것을 지켜보았다.

남자는 시장에서 지하철역까지 가는 데에 모두 여덟 갈래의 길이 있음을 알았다. 동사무소 앞길을 지나거나 우체국을 거쳐 가는 길. 약국과 떡집 앞을 지나치는 길. 상점과 미장원을 지나가는 길. 남자는 홀린 사람처럼 여덟 갈래의 길을 모두 걸어보았다. 2월에 내리는 눈치곤 양이 많은 날이었다. 그러다가 원룸 하나를 세놓는다는 광고 문구를 보았다.

광고 전단은 종이에 매직으로 쓴 것이었고, 그 종이는 원룸이 있는 건물의 현관문 앞에 붙어 있었다. 남자는 전단지에 적혀 있는 번호로 전화를 걸었다. 원룸은 여덟 갈래의 길 중에 한가운데쯤에 있었다. 남자는 위치가 마음에 들었다. 남자가 전화를 하자 관리인이라는 사람이 전화를 받았다. 관리인은 목이 쉬었는지 아니면 천식이라도 앓고 있는지 거친 목소리였고 말을 할 때마다 먼지라도 나올 것 같았다.

닭똥과 요산

남자가 본 원룸은 크지 않았다. 골목이 내려다보이는 2층이었는데, 어디선가 비린 냄새가 풍겨오는 것 말고는 괜찮았다. 환기를 시키려 했지만 창틀에 진흙처럼 박힌 먼지들만 들썩일 뿐 창문은 움직이지 않았다.

─창문은 고쳐줄 테고…….

관리인이 아주 힘들게 말을 내뱉었다.

화장실을 둘러보다가 남자는 천으로 덮어놓은 기이한 물건들을 발견했다. 시멘트 포대 같은 것들과 화학 실험을 할 때나 사용할 것 같은 기구들이 천으로 덮여 있었다. 관리인은 그 물건들이 전에 살던 사람의 것인데, 월세를 주지 않아 월세 대신에 잡아놓은 물건들이라 했다. 이사를 하면 바로 치워주겠다는 말을 덧붙였다.

남자는 계약한 다음 날 이사를 했다. 남자의 이삿짐은 많지 않았다. 커다란 여행용 가방과 배낭이 다였다. 남자는 이삿짐을 바닥에 두고 휴대폰을 꺼내 전화를 했다. 창문을 열려고 했지만 창문은 여전히 열리지 않았다. 남자가 창문과 실랑이를 벌이는 사이 상대방이 전화를 받았다.

─나야. 나, 원룸 얻었어. 한번 놀러 와.

남자는 주먹으로 창문을 가볍게 쳤다. 창문에 매달려 있던 눈덩이 하나가 힘없이 떨어졌다. 남자가 말했지만 톤이 약간 높은 전화

속의 여자는 아무런 말이 없었다. 여자는 약간 뜸을 들인 다음 조용히 말했다.

—나 결혼해.

이번엔 남자가 잠시 말을 잃었다.

그렇군. 결혼을 할지도 모른다는 생각을 왜 못했을까? 그래그래. 너도 결혼할 나이가 지났지.

골목에서 고등학생으로 보이는 학생 서너 명이 담배를 피우고 있었다. 겁 없는 놈들이군.

—결혼 전에……, 한 번 만나면 안 될까?

—안 되겠어요.

—그래그래. 보는 건 힘들겠지? 준비할 것도 많을 테고 말이야.

남자가 말했지만 여자는 아무런 대답을 하지 않았다. 남자는 담배를 피우고 있는 학생 중에 여학생 한 명이 있는 것을 보았다. 여학생은 짧은 교복 치마를 입고 있었는데 장난을 치는지 곁에 있는 남학생에게 발길질을 여러 번 해댔다. 그 바람에 매끄러운 허벅지가 한 번씩 남자의 눈에 들어왔다. 남자는 바지 안으로 손을 집어넣어 성기를 만졌다. 창문이 깨끗하지 않아 흐릿하게 보이는 게 아쉬웠다.

—한번 타고 난 성냥불은 더 이상 타지 않아요.

—응? 뭐라고? 미안해. 못 들었어. 마지막으로 한 번만 더 만나면 안 될까? 내가 줄 선물도 있고 말이야.

남자는 그렇게 말하면서 여자에게 어떤 선물을 주면 좋을까, 생각했다.

—아무래도 힘들겠어요. 그만 전화 끊을게요. 일하는 중이어서.

남자는 여자의 건조한 말투에 짜증이 났다.

—너 그거 알고 있니? 너 같은 여자애와 결혼할 남자도 참 재수 없는 놈이라는 걸 말이야. 그래, 일 열심히 해서 그놈과 달팽이 요리도 먹고, 명품 가방이나 사라. 이 노동 중독아.

여자는 아무 대답도 하지 않았다.

—돈 남으면 나랏빚도 좀 갚아주고.

남자는 그렇게 말하고는 서둘러서 통화를 끝냈다. 창문 아래를 내려다보니 학생들은 모두 어디론가 사라지고 눈 위엔 꽁초만 서너 개 남아 있었다.

그래그래. 잘 살아보라지.

남자는 화장실에서 소변을 보다가 물건들이 그대로 있는 것을 알았다.

기차가 흔들릴 때마다 여자는 어디선가 냄새가 난다고 느꼈다.

여자가 살던 집에선 늘 냄새가 났다. 소독약 냄새였다. 여자의 어미는 불안이 꽃피는 곳에 항상 소독약을 발랐다. 소독약은 언제나 아이 팔뚝만 한 갈색통의 제품이었다. 다른 제품은 사용하지도, 믿지도 않았다. 농약집이나 약국에서 다른 소독약을 줄 때면 여자의 어미는 소스라치게 놀랐다. 거, 왜 있잖아, 갈색통. 여자의 어미는 한결같았다. 감기가 돌아도 황사가 불어와도 문지방과 대문과 창문마다 소독약을 발랐다. 가까운 집에 누군가가 사고로 죽어도 여자의 어미는 소독약을 뿌려댔다. 오직 집 안에서만 소독약을 뿌렸다. 바깥은 어차피 병균투성이이니 집 안과 가족만이라도 소독을 해야 한다고 늘 말해왔었다.

여자를 태운 기차가 집에서부터 점점 멀어졌지만 여자는 오히려 소독약 냄새가 짙어지는 걸 느꼈다. 콧속으로 들어온 과산화수소의 냄새가 여자에게 약간의 현기증을 일으켰다.

―넌 날 버리고 떠나려 했어.

여자의 어미는 여자가 허락받지 않은 외출을 하고 돌아올 때마다 그렇게 말했다. 여자가 몇 시간만 보이지 않아도 여자의 어미는 자신의 몸을 학대했다. 대못으로 팔뚝이나 종아리를 긋기도 했다. 가슴이 나오면서부터 여자는 학교도 가지 않았다. 병균은 언제나 네 오줌 구멍을 노리고 있어. 어미는 여자가 어릴 때부터 그렇게 가르쳤다. 밖에 나가지 마라, 병균뿐이다. 여자는 언제나 소독약 냄새 나는 방 안에서 의사가 되는 꿈을, 고등학생이 되는 꿈을, 유학 떠나는 꿈을, 화가가 된 자신의 모습을 상상했다. 그럴수록 어미의 치료는 심해졌다. 이것아, 넌 의사도, 학생도, 화가도 아니다. 병균 때문에 병이 났을 뿐이야.

—치료를 하자꾸나.

여자의 어미는 소독을 치료라고 말했다. 여자의 옷이 발가벗겨지고 여자는 빨래처럼 욕조에 담겨졌다. 어미는 물을 끓이면서 노래를 불렀다. 내 사랑아, 내 사랑아. 어미는 먼저 뜨거운 물을 여자에게 끼얹었다. 그런 다음 소독약으로 온몸을 닦았다. 소독약 냄새가 해일처럼 여자를 덮쳤다. 살갗이 벗겨질 때도 있었다.

—내가 마음만 먹었으면 네가 어렸을 때 시장에다 너를 버리고 올 수도 있었어. 나 혼자 널 키운 게 얼마나 힘들었는지 아니? 그런데도 넌 날 버리려고만 해. 하지만 난 널 끝까지 버리지 않겠다. 그것이 어미다. 난 네 어미다.

여자의 머릿속에는 어미가 버리고 갔을지도 모르는 시장의 모습이 어지럽게 나타났다. 닭목을 잡고 흔들어대던 사람이 커다란 칼로 닭목을 치고 있었다. 굵은 소금과 얼음 사이로 단추 같은 눈을 가진 생선들이 입을 벌린 채 누워 있었다. 우리 안에 갇힌 동물들이 짖어대며 창살에 부딪치고 있었다. 온갖 나물들이 좌판 위에 시체처럼 누워 있었다. 피 묻은 돈이 오가고 사람들은 모두 침을 튀기며 떠들고 있었다. 행상 위에 펼쳐놓은 옷에선 먼지가 가득했다. 술에 취한 아저씨가 비틀거리다가 쓰러졌다. 과일에선 벌레들이 꼬물꼬물 기어 다녔다. 화장을 진하게 한 여인의 사타구니에선 시궁창 냄새가 풍겼다. 질퍽한 시장 바닥엔 비린내가 떠다녔다. 어린 여자는 구토를 느꼈다. 병균과 세균뿐이었고 차라리 소독약 냄새가 그리웠다. 그때였다. 내 사랑아, 내 사랑아. 어디선가 노래가 들렸다. 젊은 어미가 손짓하며 어린 여자를 부르고 있었다. 어린 여자는 어미의 품으로 뛰었다. 어미의 품이 가까워지면 가까워질수록 그리운 냄새가 가득했다. 넌 내 몸에서 나왔어. 그러나 냄새는 이내 소독약 냄새로 바뀌었다. 여자의 가슴이 나올수록 여자는 벗어나고 싶어했고, 어미의 치료도 심해졌다. 그것은 끊임없이 미끄러지는 미끄럼틀에 탄 세월이었다. 병균들은 네 몸을 원해. 어미가 얼마나 심하게 당했는데. 병균은 처녀의 몸을 제일 좋아한단다. 어미는 어젯밤에도 여자를 치료하면서 중얼거렸다.

기차가 조금씩 흔들릴 때마다 여자는 불안을 느꼈다. 여자는 순간 멀미를 했다. 멀미는 재채기처럼 급작스럽게 찾아왔다. 여자는 자신도 모르게 입 밖으로 토해냈다.

—이런, 이런.

여자의 옆에 앉아 있던 남자가 배우처럼 과장스럽게 두 팔을 벌리며 허우적거렸다.

—기차를 처음 타시나.

남자가 읽고 있던 신문을 건네주었다. 비린 신물을 조금 더 게워내고 나서야 여자는 멀미를 멈출 수 있었다. 남자가 준 신문지는 온통 젖어 손에서도 뚝뚝 흘러내렸다.

—전 발레를 했어요.

여자가 신문지로 입을 닦으며 말했다. 여자는 남자가 자신을 하찮게 여길까봐 두려웠다. 도망친 게 아니란 말이에요. 여자가 속으로 중얼거렸다.

—사라 케인과 함께요.

남자가 일어나서 화장실에서 휴지를 가져다주었다.

—누구요?

—사라 케인 말이에요. 잡지에도 난걸요.

여자는 휴지로 얼굴을 닦았다.

—어쨌든 고마워요.

차창에서 빛이 들어와 여자의 손에 산의 모습을 그리고 있었다. 남자는 여자가 거짓말을 한다고 생각했다. 하지만 내버려두었다.

이 세상에 거짓말이 아닌 게 어디 있단 말인가.

멀미가 나려고 하면 숨을 크게 들이마셨다가 멈추세요.

남자가 장난으로 말했다. 그러나 여자는 남자가 시키는 대로 숨을 크게 들이마셨다. 여자의 볼이 팥빵처럼 부풀어 올랐다. 얼마지나지 않아 여자는 숨이 막히는지 얼굴이 빨개졌다.

—숨이 막히면 내뱉어야죠.

—아, 네.

남자가 말하자 그제야 여자는 참았던 숨을 내뱉으며 호흡을 골랐다. 바보군. 남자가 속으로 중얼거렸다.

남자는 고등학교를 마치고 애견센터에서 2년 남짓 일을 했다. 군에 가서는 군견 훈련소에서 복무했다. 군대를 나와 다시 애견센터에서 2년을 일했고, 이후에는 동물병원에서 2년간 일을 했다. 그는 수의사를 도우면서 눈대중으로 의학 용어와 질병 이름과 치료방법 등을 익혔다. 남자는 작년에 무허가 동물병원을 열었다. 남자가 무허가 동물병원을 하는 동안 병원에선 116마리의 개와 99마리의 고양이가 죽었고, 병원 밖에선 구제역과 조류독감이 다섯 번 유행했으며, 남자는 여섯 명의 여자와 헤어졌다. 케이크 먹이지 마세요. 남자가 동물병원을 운영하는 동안 유일하게 한 말은 '케이크 먹이지 마세요'라는 말뿐이었다.

세상은 형편없이 글러먹었어. 남자는 동물병원을 운영하면서 단 한 번도 사기라는 생각을 하지 않았다. 남자가 보기에 이 세상에 사기 아닌 게 없었다. 사기가 아닌 직업을 단 하나라도 내게 댄다면 내 목을 잘라도 좋아. 남자는 그렇게 생각했다. 고등학교에 다닐 때까지 남자가 가장 많이 듣던 말은 '너는 지금 많은 것들을 놓치고 있다'는 말이었다. 남자는 자신이 놓친 게 무엇인지 스스로에게 물어보았지만 알 수 없었다. 교육은 직업인이 되기 위한 훈련 이상 아무것도 아니었다. 끊임없이 상품을 만들고 그 상품을 사기 위해 노동이 아니면 죽음을 외치는 게 세상일 뿐이었다. 어차피 세상은 이제 글러먹었어. 심지어 개도 발정에 따라 교미를 가질 수 없었다. 개의 교미마저 인간이 만든 세상의 법칙에 지배받는 세상이었다. 남자가 동물병원에서 가장 큰 수입을 올린 것은 거세 수술이었다. 거세 수술하고 소독약 발라주기. 그건 정말이지 짭짤했다. 성대 제거 수술은 하지 않았다. 그 정도까진 기술이 없었기 때문이었다. 개라고 짖지 못하란 법이 있어요? 남자는 성대 제거 수술 의뢰가 들어올 때마다 의사의 양심 때문에 못한다며 수술을 거절했다. 남자는 〈자연과 환경을 사랑하는 수의사상〉 후보에 오르기까지 했다.

올 초 설 연휴를 보내고 출근하던 길이었다. 동물병원 앞에 양복을 입은 두어 명의 사내들이 서 있었다. 멀리서도 공무원 냄새가 물씬 풍겼다. 남자는 병원으로 가지 않고 병원 앞 버스 정류장에서 그들을 지켜보았다. 버스를 기다리는 척하면서 사내들 앞에 서 있는 흰색 승용차를 눈여겨보았다. 차창에 보건복지부 출입 스티커가 붙어 있었다. 남자는 버스가 오자마자 무조건 버스에 올라탔다. 버스 안에서 사내들을 바라보며 이 짓도 더 이상 못해먹겠다고 중얼거렸다. 남자는 그날 이후 도피 생활에 들어갔다. 집도 버리고 가벼운 짐만 챙겨 멀리 떨어져 있는 도시의 작은 원룸으로 옮겼다. 가명과 거짓 주민등록번호를 사용해 동물병원을 열긴 했지만 얼굴이 알려져 있어 피하는 게 좋을 것 같았다. 남자는 여덟 방향으로 갈 수 있는 좋은 위치의 원룸을 얻었다. 남자가 기차에서 여자를 만난 날은 자신이 운영하던 동물병원에 다녀오던 길이었다. 남자는 마스크와 모자를 쓰고 한밤중에 들어가 고가의 약품들을 챙긴 다음 컴퓨터 하드를 꺼냈고 금고에 있던 현금을 가지고 나왔다. 현금은 얼마 되지 않았다. 남자는 신문을 샅샅이 살폈고, 관공서 앞에 있는 게시판에서 수배자들의 얼굴을 살폈으나 그 어디에서도 자신의 얼굴은 찾을 수 없었다. 하긴 개 몇 마리 죽었다고 몽타주까지 만들었겠어?

도피 생활은 나름 남자에게 흥미를 불러일으켰다. 어디를 가든 항상 조심하게 되었고 누군가가 미행을 하지 않는지 촉각을 곤두

세울 때마다 아랫도리가 저릿해졌다. 뭔가 중요한 사람이 된 것 같았고 중요한 비밀을 가진 특별한 사람이 된 것 같았다. 그러나 첫 기차를 타고 가면서 얼마 남지 않은 돈을 생각하자 막연한 비애가 느껴졌다. 남자는 앞으로 어디에 주사위를 던져야 할지 고민했다.

남자의 휴대폰이 울렸다. 남자는 전화를 받았다. 늑막염에 걸린 개에 대한 문의전화였다.

—똥 색깔을 유심히 보시고, 소독약이나 발라주세요.

남자는 휴대폰부터 바꿔야겠다고 생각했다.

—늑막염인데, 어디에다 소독약을 발라요?

—갈비뼈에 바르든지 아님 먹이세요. 요즘 마트에 가면 갈색통에 든 소독약 많습니다. 참, 케이크 먹이지 마세요.

남자는 귀찮아서 통화를 서둘러 끝냈다. 남자는 곧바로 휴대폰의 전원을 꺼버렸다. 휴대폰을 외투에 집어넣으려 할 때 여자가 자신을 바라보는 것을 알았다. 남자가 바라보자 여자는 흐느끼면서 울기 시작했다. 남자는 여자가 드디어 돌아버린 거라고 생각했다. 남자는 우는 여자를 남겨두고 부근의 다른 빈자리로 옮겨 가 앉았다.

오전의 해는 길었다. 남자가 기차에서 내려 개찰구를 향해 가고 있을 때 여자는 남자의 뒤를 따라왔다. 남자가 빨리 걷자 여자도 빨리 걸었다. 계단 위에서 여자가 남자의 소매를 건드렸다.

─제가 이 도시는 처음이어서요.

여자는 남자에게 싼 방을 구할 수 있는지 물었다. 남자는 여자가 제정신이 아니라고 생각했다.

─잠깐 기다려요. 내가 알아보고 연락 줄 테니까.

남자는 여자에게 대합실 의자에 앉아 있으라고 말했다. 남자는 여자에게 손을 흔들어주고는 자신이 살고 있는 작은 원룸으로 갔다. 봄이 어디에 숨어 있는지 날은 여전히 추웠고 매연을 잔뜩 먹은 더러운 눈만 곳곳에 쌓여 있었다. 여자는 사라지는 남자를 바라보다 남자가 가리킨 의자에 앉았다. 어디선가 뻣뻣한 바람이 불어와 여자를 건드렸다. 발가락은 시린데도 등에서는 자꾸만 식은땀이 났다. 어미가 떠올려질 때마다 여자는 헛구역질을 했다. 도시에 있는 대합실이 무척 크게 느껴져 여자는 더 불안했다. 어릴 때부터 상상하던 시장에서 버려지던 모습이 떠나질 않았다. 복종의 끈이 풀렸지만 여자는 오히려 더 불안했다. 공기를 통해 온갖 병균들이 떠다니다 자신의 몸속으로 파고드는 것만 같았다. 여자는 남자가 사라진 방향에서 고개를 돌리지 않고 기다렸다. 남자가 돌아오지 않으면 어떻게 한다, 어미의 팔뚝에 빨랫줄처럼 길게 갈라진 상처가 보이자 여자는 눈을 감았다. 남자가 어서 와 자신을 깨우기만을 간절히 원했다.

남자는 소변을 보다가 아직까지 치우지 않은 물건들을 보았다. 남자는 그것들을 보면서 자신이 두고 간 병원 장비를 보고 있을 낯선 사람들의 모습이 떠올랐다. 남자는 미처 챙겨 오지 못한 장비들을 생각했다. 그것들은 고가였다. 어쩌면 고가의 장비들을 빌려준 리스 업체에서 의심을 품고 고발했는지도 모를 일이었다. 내팽겨진 채 있을 자신의 물건을 생각하며 남자는 보일러의 온도를 올린 다음 침낭에 누웠다. 전번에 살던 놈도 어지간히 급했던 모양이로군.

남자는 갑자기 생각났다는 듯이 침낭에서 일어나 창문 쪽으로 갔다. 남자는 창문을 열려 했다. 그러나 창문은 꿈쩍도 하지 않았다. 아, 욕이 다 나오네. 남자는 창문을 세게 친 다음 관리인이 뭐라 하던 화장실에 있는 물건들을 내버려야겠다고 생각했다. 남자는 화장실에 들어가 물건들을 꺼내기 시작했다. 그러다 포대 뒤편에 있는 노트 한 권을 발견했다. 노트에는 화학 방정식과 알 수 없는 기호들이 빼곡하게 들어차 있었다. 노트를 대충 뒤적이다가 자신이 아는 약품 목록 몇 가지를 발견했다. 동물들을 안락사시킬 때 사용하는 주사제와 고통을 없애주는 주사제들 목록이었다. 이것 봐라? 남자는 포대를 뜯어 내용물을 보았다. 큰 포대는 닭똥이었고 작은 포대는 요산尿酸이었다. 어디선가 이상하게 풍겨오던 비린 냄새는 포대에서 나는 것이었다. 플라스크에서는 백색의 결정들이 조금 남아 있었다. 남자는 언젠가 요산에서 추출해 환각제를 만들 수 있다는 소리를 들은 기억을 떠올렸다. 그리고 닭똥에는 요산 성분이 많이 있다는 사실도. 남자는 자신의 눈앞으로 주사위가 데굴데굴 잘 굴러가고 있는 모습이 보였다.

남자는 기구와 노트를 어떻게 이용할지 생각해보았다. 남자는 현관 자물쇠에 붙어 있는 스티커에서 열쇠집 전화번호를 땄다. 전화를 걸어 열쇠 두어 개를 더 부탁했다. 자신이 집을 비운 사이 전번에 살던 사람이나 관리인이 문을 따고 들어와 가져갈지도 모른다는 생각에서였다. 남자는 준비할 게 또 무엇이 있을지 생각했다. 무엇보다도 다른 누군가가 필요했다. 자신이 전면에 나서는 것보다 믿을 만한 심부름꾼이 필요했다. 복종을 잘할 수 있는.

열쇠 수리공은 치킨 배달용 오토바이를 타고 왔다. 남자는 열쇠를 다는 과정을 꼼꼼하게 지켜봤다. 열쇠 다는 작업이 끝났을 때는 여자와 헤어진 지 세 시간이 훨씬 지난 후였다. 다시 돌아가면 네 시간이 넘는 시간이었다. 오히려 잘됐지 뭐야. 남자는 생각했다. 네 시간이 넘을 때까지 기다리고 있다면 그야말로 충실할 것이라는 생각이 들었다. 남자는 돈을 지불한 다음 여덟 갈래의 길 중 두 번째 길을 통해 지하철역으로 갔다.

남자는 기차역으로 올라가면서 이상한 함성 소리를 들었다. 그 소리들은 마치 동굴 안에서 울려 퍼지는 소리처럼 축축하고도 깊었다. 남자는 대합실로 천천히 올라갔다. 많은 사람들이 텔레비전 앞에 모여 국가 대항 축구를 보고 있었다. 발재간에 무슨 국가의 운명이라도 걸려 있는 것처럼 아나운서는 떠들어대고 있었다. 남자는 사람들 사이를 비집고 들어갔다. 여자는 사람들의 틈바구니 속에 앉아 있었다. 눈을 꼭 감은 채.

여자는 누군가가 버리고 간 짐 같았다. 대합실 안의 무겁고 탁한 소음을 고스란히 안은 채 동상처럼 앉아 있었다. 남자는 저절로 웃음이 터져 나왔다. 남자가 다가가서 여자의 어깨를 건드렸다. 눈을 뜬 여자는 금방이라도 울음을 터뜨릴 것만 같았다.

—방을 알아보고 왔어. 열쇠도 세 개나 달려 있어. 어때? 안전하겠지?

남자가 묻자 여자는 고개를 끄덕였다.

—돈은 얼마 있는데?

여자는 핸드백에서 통장을 꺼내 보여주었다.

—어디 보자. 583만 원이라.

남자는 여자에게 통장을 돌려주었다.

—서너 달은 버티겠네. 가지 뭐.

여자는 의자에서 잘 일어나지 못했다.

─왜 그래? 그사이에 다리라도 다친 거야?

남자가 묻자 여자는 조용하게 화장실이라고 말했다. 골이 터진
모양이었다. 방송에서 이제 대한민국은 하나가 되었다고 떠들고
있었다.

배달되어 온 음식들을 차리고 맥주를 올려두자 꽤 근사한 식탁
처럼 보였다.

─우리끼리 조촐한 입주식이라도 올리자구.

여자는 가로등처럼 서 있었다. 남자는 여자를 앉혔다. 그러고는
여자에게 닭다리를 뜯어 주었다. 잔에 맥주도 한 잔 가득 따라 주
었다. 여자는 조심스럽게 닭다리를 뜯었다.

─어때? 맛있지? 여기 소스도 찍어봐.

남자는 여자에게 소스를 건네주었다. 남자가 맥주를 들이키는
사이 여자가 물었다.

─이게……, 결혼인가요?

남자는 마시던 맥주를 코와 입으로 뿜어내고 말았다.

─결혼은 교회나 예식장에서 하는 거지.

남자는 여자가 강아지들과 똑같다는 생각을 했다. 주인을 잘 따
르지만 멍청하기 짝이 없는.

―우린 함께 일을 할 거야.

남자는 휴지로 입과 턱을 닦으며 말했다.

―무슨 일을요?

―우린 약을 만들 거야.

남자는 맥주를 시원하게 들이켰다.

―동물들이 왜 죽어나가는지 알아?

여자는 말없이 맥주만 바라보았다. 여자는 맥주를 처음 보았다. 낯선 거품에 입을 대자 알싸한 기운이 콧속으로 스며들었다. 분명 소독약 냄새와는 다른 냄새였다.

―내가 의사라서 잘 아는데 말이야. 사실 도시에는 수많은 병균들이 득시글거리거든.

―저도 의사가 되고 싶었어요.

―그래, 그래. 내가 잘 알지. 발레도 잘하고 말이야. 어때? 맥주 시원하지?

여자가 고개를 끄덕였다.

―사실 도시에 사는 많은 사람들이 이미 감염되었어.

여자는 남자의 말을 듣자 가슴이 뛰기 시작했다.

―모두가 미쳐 있어. 사람들이 왜 일을 한다고 생각해? 멀쩡한 휴대폰을 버리고 신제품을 사기 위해서거든. 다른 한쪽에선 쌀과

배추를 파묻어버리고 말이야. 내가 잘 아는 여자가 있었는데, 그 여자는 말이야…….

─무슨 약을 만들 건가요?

한 모금밖에 마시지 않았지만 여자는 그네를 타는 기분을 느꼈다.

─소독약. 일종의 치료제지.

여자는 자신의 몸이 그네에서 떨어져 땅으로 곤두박질치는 것 같았다.

─아, 아. 무서워요.

─뭐가 무서워?

─소독약 무서워요.

남자는 한 번에 맥주를 마셨다. 남자는 여자를 보며 별 희한한 여자가 다 있다고 생각했다.

─아니지. 무서운 게 아니지. 무서운 건 사람들을 마비시키는 도시의 병균이 무서운 거지.

─결국……, 결국은……, 그런 건가요?

여자는 남자에게 어미에 대해 이야기를 들려주고 싶었지만 말을 꺼낼 수 없었다. 자꾸 어미의 피 흘리는 팔뚝이 보이는 것만 같았다. 여자는 어미의 모습을 떨쳐버리려 머리를 흔들었다.

―결국엔 뭐?

―아니에요.

여자가 한동안 고개를 숙이고 있다가 고개를 들어 남자에게 물었다.

―전, 발레를 할 수 있는 건가요?

―아, 발레. 발레라 발레.

남자는 여자에게 맥주를 권했다.

―물론이지. 어때? 지금 나에게 발레를 보여줄 수 있겠어?

여자는 천천히 자리에서 일어섰다. 자리에서 일어난 여자는 양 손을 들어 허공에 대고 천천히 움직였다. 두 손목이 살짝 부딪칠 때까지 꼬기도 했고, 나비처럼 나풀거리는 동작을 만들기도 했다. 그러자 어두운 뒤편 어딘가에서, 사진에서 보았던 발레리나들이 총총걸음으로 뛰어나와 금방이라도 자신을 안아 올릴 것만 같았다.

―전, 아주 어려서부터 발레를 했어요. 눈처럼 새하얀 발레복을 입고서 말이에요.

―그래, 그래.

남자는 맥주를 따라 마셨다. 여자는 눈을 감았다. 눈을 감자 어디선가 음악이 흘러나오는 것 같았다.

남자는 앞으로의 계획에 대해 생각해보았다. 화학 공식부터 배

워야겠군. 남자는 맥주를 마시며 발레를 하는 여자를 보았다. 여자의 발레는 형편없었지만 기분이 나쁘진 않았다. 흐느적거리는 여자의 몸이 왠지 모르게 깨끗할 것만 같았고 또 부드러울 것만 같았다. 미친 것만 빼면. 그러나 생각해보면 이 세상에 미치지 않은 사람은 없었다. 허리띠를 졸라매지 않거나 하나가 되지 않으면 모두 미쳤다고 생각하니까.

창밖에서 새들이 나는 소리가 들려 고개를 돌려보니 비가 내리고 있었다. 봄비구나, 남자는 생각했다. 여자의 옷 위로 창에서 비친 비가 흐르고 있었다. 남자는 맥주를 마시며 발레를 추는 여자를 보았다. 술기운 때문인지 여자의 옷 위로 비친 비 때문인지 여자의 발레가 매혹적으로 보였다. 도피 생활이 그리 나쁘지만은 않다는 생각을 했다.

남자는 술잔을 내려놓고 침낭 위에 편하게 누워 여자가 춤추는 모습을 지켜봤다. 여자는 충분히 아름다워 보였다.

보너스 이야기

하나

　서양의 한 정신의학자는 스물아홉 살이 되면 세 가지 이상의 부정적인 감정을 지닌다고 했다. 어떤 사회학자는 스물아홉 살 이전을 유목 생활이라고 했고 그 이후를 농경 생활이라고 했다. 미국의 한 미니멀리즘 소설가는 스물아홉 살이 지나면 여성과 돌멩이는 똑같다, 라는 말을 했다.

　내 나이 스물아홉. 그 시절을 한 문장으로 요약하면 이렇다.

　나는 자취방에서 '신세밀랴'라는 화초를 키웠다.

　덧붙이자면 '신세밀랴'는 여성의 성을 상징하는 화초다.

그런 나를 보고 친구들은 참말로 멍청한 짓이라고 말했다. 내가 생각해도 멍청하긴 멍청했다. 하지만 습기 찬 유리창에 짝사랑하는 여자의 이름을 적는 짓보다는 적어도 멋있어 보이는 일처럼 보였다.

멍청한 짓도 10개월을 투자하면 뭔가 깨우침이 있을 터인데 이 화초는 알 수 없는 물음만 주었다. 10개월 가까이 화초를 지켜보았지만 왜 여성의 성을 상징하는지 알 수 없었다. 아래로 가볍게 처진 잎 모양 때문인지 아니면 알 듯 모를 듯 벌어진 꽃잎 때문인지, 그것도 아니면 아주 미미하게 풍기는 미묘한 냄새 때문인지 지금까지도 잘 알 수 없다. 나에게 여성의 성을 상징한다면서 화초를 판 여성에게 물어보고 싶지만 그 여성은 이사한 지 한참이나 지났다.

그 10개월 동안 두어 번 여자를 소개받기도 했다. (아, 아. 복도 많지.)

여자들이 나에게 취미를 물으면 나는 말했다.

—신세밀랴, 라는 화초를 키우고 있어요. 여성의 성을 상징한다고 하더군요. 후후.

—아, 네. 그러세요.

여자들에게선 더 이상 연락이 없었다.

스물아홉 시절, 언제부터인가 내 자취방에는 곰팡이가 피어나

듯 친구들이 슬금슬금 모여들었다. 가끔, 자기네 집으로 자러 가는 친구가 있긴 있었다. 하지만 대부분은 마치 입주 때부터 들어 있던 옵션처럼 함께 먹고, 자고, 마시고, 내 옷을 공유했다. 대학원에서 만난 친구부터 고향 친구, 시인이나 소설가, 영화판에 있던 친구들까지 매우 다양한 사람들이 모여들었는데 심지어는 이런 일까지 있었다. 내가 고향에 잠시 내려가 있던 사이 모르는 사람들끼리 잠이 들었고 아침에야 서로 인사를 한 모양이었다.

—저는 성원이 고향 친구 A입니다.

—아, 저는 성원이 문단 친구 B입니다. 반갑습니다.

—아, 저는 성원이라는 사람은 모르는데 C가 친구 방이라며 여기서 자고 가라고 해서.

A와 B 그리고 C는 지금까지 절친으로 지내고 있다. 어쨌든 당시 내 방의 모습은 조르주 베르나노스가 쓴 『사탄의 태양 아래』에 나오는 한 장면 같았다. 아니면 하위징아의 『중세의 가을』이거나.

지독히도 술을 많이 마신 시절이었다. 술을 깨면 절망이었지만 술만 취하면 모든 게 아름다웠고 희망이 넘쳐났다. 술 속에선 오직 평화, 평화……, 평화만 넘쳐흘렀다.

안주는 주로 라면이었다. 함께 지내던 시인 함민복 형은 국물이 지닌 넉넉함에 우리 모두가 배부를 수 있다는 것이었다. 설렁탕이 그랬던 것처럼 함께 나눌 수 있는 국물만이 우리들 공동체다, 라고 말했던 것 같다. 아무려나.

생각해보면 내 상상력의 원천은 '신세밀랴'인지도 모른다. 그 화초를 사게 된 것은 빤한 영화에 나오는 장면처럼 자취방 부근에 있던 꽃집과 꽃집에서 일하던 미모의 여성 때문이었다. 가장 싸게 파는 슈퍼마켓까지 가려면 꽃집을 지나쳐야 하는데 나는 그 여성과 자주 마주쳤다.

약속이 없는 날이면 이른 저녁 준비를 했다. 방에 진을 치고 있는 친구와 선후배를 위해서. 오후 네다섯 시면 슈퍼마켓에 장을 보러 갔는데 사는 것은 소주와 라면이었다. 소주와 라면을 검은 봉지 안에 넣은 채 별다른 할 일 없이 꽃집에 자주 들렀다. 꽃이나 난에 대해 이것저것 물어보다가 검은 봉지를 들고 다시 집으로 오곤 했다. 그런 어느 날 특이하게 생긴 화초가 있어 물어본 것이 '신세밀랴'였다.

―잎이 특이하네요.

―신세밀랴인데, 여성의 성을 상징한데요.

꽃집 여자는 수줍게 웃었고 나는 비상금을 깼다. 방으로 돌아오는 무렵 이른 노을이 와인처럼 퍼져 있었고 골목 안에선 맛있는 냄새가 풍겼다. 바람은 적당히 불어왔고 바람에 흔들리다 내 볼을 가끔 치는 신세밀랴의 잎이 상큼했다.

방문을 열고 말했다.

—자아, 형들. 이것 한번 보시우. 이 화초가 여성의 성을 상징한대요.

—응? 그래, 그래. 계란과 파도 사 왔니?

—아뇨. 대신에 화초를 샀지요.

나를 향해 달려드는 무식한 소리들.

사랑과 예술은 그런 것이다. 신세밀랴를 산 지 일주일 정도 지났을 무렵 꽃집에 있던 여자는 일을 그만두었다. 여자는 떠나고 화초만 남았다. 사랑과 예술은 그런 것이다.

화초가 시들기 시작한 것은 겨울이 찾아오면서였다. 나는 최대한 햇빛을 보게 하고 노란색 액체가 든 영양제를 꽂아두고 흡연도 밖에서—그해 겨울은 10여 년 만에 찾아온 강추위였다— 했지만 아무런 소용도 없었다.

나는 괜스레 슬퍼졌고 혼자서 조용히 슬픔을 곱씹고 싶었다. 그러나 울진 않았다. 지금도 그렇지만 그때도 나는 꽤나 꿋꿋한 편이었다. 나는 그때까지 단 한 번도 울어본 적이 없는 스물아홉이었다.

시들해지는 화초와는 아무런 상관없이 언제나 방 안에선 술판과 웃음판이 떠나지 않았다. 술을 마시고 웃음소리가 커질수록 텅 빈 느낌은 지울 수 없었다. 우주 한가운데 무한하게 제공되는 산소통을 등에 업고 둥둥 떠다니고 있는 것만 같았다.

아, 아. 젠장. 이제 2, 3주 후면 20대는 돌아오지 않을 것이다. 아, 아. 다 쓴 휴지처럼, 더 이상 깎을 수 없는 연필처럼, 바람이 불어도 산세밀라의 초라한 이파리는 내 뺨을 건드리지 않을 것이다. 이런, 이런. 리필도 할 수 없는…….

연일 강추위가 이어졌지만 사람들의 체온 때문에 한밤중엔 차라리 더위를 느낄 정도였다. 그러던 어느 날 나는 고스란히 심한 추위를 느꼈다. 평소와는 다르게 너무나 조용했다. 어떻게 이렇게 갑자기 춥고 조용할 수 있는지 감이 잡히지 않았다. 마치 꿈처럼 느껴졌고 그래서 나는 꿈이라고 생각하고 약간의 잠을 좀 더 청했다. 설마 꿈이겠지. 이렇게 조용할 리가 있겠어. 너무 비현실적이어서 그랬을까. 다시 자려 했지만 잠은 오지 않았고 뭔가 일이 벌어졌다는 생각만 들었다.

비현실적인 느낌은 현실이 되어버렸다. 눈을 떴을 때 빈 이부자리만 휑하니 방 안을 뒤덮고 있었다. 적어도 서너 명은 분명 함께 잠들었는데. 시계를 보니 오후 한 시였다. 나는 일어나 빈 이부자리를 만져보았다. 체온이 느껴지지 않는 걸로 봐서는 몇 시간 동안 사람이 없었던 게 분명했다.

아직까지도 꿈속에 있는 걸까. 나는 간밤에 함께 잤던 친구들을 떠올리며 모두에게 삐삐를 쳤지만 그 누구도 자취방으로 전화하지 않았다. 두어 시간을 기다린 다음 나는 부엌으로 가보았다. 라면 하나 찾을 수 없을 만큼 깨끗했다. 물도 없었고 참치캔 하나도 보이지 않았다. 무슨 일이 있었던 게 분명했지만 나로서는 어떤 일이 벌어졌는지 감조차 잡을 수 없었다.

먹을 것을 사러 나가기 위해 옷을 찾았지만 옷장 안은 거의 텅 비어 있었다. 외투도 없었고 그나마 멀쩡한 옷들은 단 한 벌도 보이지 않았다. 아낀다고 뜯지 않은 속옷까지 감쪽같이 보이지 않았다.

꿈이 아니라는 증거는 곳곳에 있었다. 간밤에 잔 친구들이 벗어놓은 속옷이나 양말은 모두 빨래 바구니에 들어 있었다.

텔레비전을 켜보았지만 별다른 뉴스도 없었다. 강추위가 예상된다는 뉴스를 끝으로 성탄절 연휴 잘 보내시라는 멘트만 들을 수 있었다. 벌써 크리스마스란 말인가. 잠시 창밖을 바라보았다. 태양은 여전히 크고 둥글었고, 상가 앞에 내놓은 트리는 붉고 푸른 빛을 내뿜고 있었다. 창문에 와 닿는 내 입김만이 조용히 나타났다가 사라졌다.

그때 전화벨 소리가 들렸다. 수화기를 들어보니 간밤에 잔 후배였다.

—어디니?

—아, 저희 스키장에 왔어요.

—스키장?

—네, 스키장요. 2박 3일로.

스키장이란 소리가 여관 이름처럼 들려서 나는 한동안 멍하니 있었다.

—스키장엔 왜?

—연휴잖아요. 저흰 짝 맞춰서 스키장에 왔어요.

—나는?

—예? 형은 여자친구 없잖아요. 참, 그리고 형 외투 제가 입고 왔어요. 제 옷이 얇아서…….

공중전화였는지 맥없는 삐 소리와 함께 전화는 끊겼다.

아, 그랬구나. 다들 나만 남겨두고 떠난 거였구나. 그래서 평소 와는 다르게 추웠던 거고 조용했던 거구나. 그런데도 나는 바보처럼 종말이라도 온 것 같아 엉뚱하게도 겁을 먹었구나. 전화를 기다렸지만 더 이상 전화는 오지 않았다. 삐삐를 다시 쳐도 연락은 오지 않았다.

조용했다. 아, 휴식이다. 며칠이지만 나만의 시간을 가질 수 있다. 나는 창밖으로 가로등이나 건물, 도로를 색다른 느낌으로 바라보며 음미하려 했지만 이내 지루해졌다. 시계를 보았지만 몇 분 지나지도 않았다. 책을 읽으려 했지만 어쩐 일인지 같은 문장만 반복해서 읽고 있었다. 텔레비전을 켜자 어린이 성가대가 나와 캐럴송을 부르고 있었다. 노래는 방 안을 잠시 떠돌다가 흔적도 없이 사라졌다.

배가 고파진 나는 먹을 것을 사러 나가야겠다고 마음먹었다. 지갑을 찾았지만 찾을 수 없었다. 온 방 안을 다 뒤지다가 문득 지갑이 외투 안에 있음을 떠올렸다. 바닥까지 훑어 찾아낸 돈은 채 1000원도 되지 않았다. 옷을 찾았지만 그러나 두꺼운 옷도 보이지 않았다.

옷장에서 얇은 가을 옷을 몇 벌 껴입고 밖으로 나갔다. 얼마나 추운지 면도날이 콧구멍 안으로 슬금슬금 들어오는 것 같았다. 배가 고파서인지 더 추운 것 같았다. 슈퍼마켓까지 가는 동안 나를 가장 유혹한 것은 붕어빵 냄새였다. 나는 냄새를 이기지 못하고 붕어빵을 파는 노점으로 들어갔다.

―아저씨, 붕어빵 얼마예요?

―1000원에 다섯 개입니다.

나는 어묵 국물을 마시며 계산을 해보았다. 붕어빵 다섯 개면 한

끼 식사도 되지 않는다. 더구나 내가 가진 돈은 채 1000원도 되지 않는다. 라면은 다섯 개를 살 수 있다. 거기다 함민복 시인의 말처럼 넉넉한 국물이 있어 밥까지 말면 친구들이 돌아올 때까지 버틸 수 있다. 빈 병을 모두 팔면 소주도 두 병은 살 수 있을 것이다.

나는 어묵 국물을 한 번 더 마신 다음 종이컵을 조용히 내려놓았다.

—지갑을 안 가져왔네. 아저씨 조금 있다가 올게요.

붕어빵을 파는 아저씨는 잠시 나를 흘겨보았다.

라면을 먹으며 소주를 홀짝였다. 텔레비전 뉴스에선 세상 곳곳의 크리스마스 풍경을 보도했다. 일본의 어느 시에서는 기네스북에 오를 최대 높이의 트리 점등이 있었다. 명동에선 여자친구에게 성탄 선물로 받은 목도리를 자랑하는 어느 회사원이 거리에서 인터뷰를 하고 있었다. 몇 년 만에 화이트 크리스마스가 될 거라는 일기예보를 끝으로 뉴스가 끝났다. 뉴스가 끝나고 성탄 특선 영화가 시작하였다. 「나 홀로 집에」라는 코미디 영화였다. 보지 않은 영화였고 어린 주인공이 도둑을 물리친다는 내용이었다. 영화는 의외로 재미있었다. 어린 주인공의 기발한 부비트랩에 나는 깜짝깜짝 놀라며 흥미진진하게 영화를 보았다. 가끔 박수도 친 것 같다.

바보 같은 놈들. 이렇게 재미난 영화도 보지 못하겠지.

나는 스키장에서 추위에 떨고 있을 친구들을 떠올리며 약간의 통쾌함을 느꼈다. 라면 국물을 데워 소주 한 잔을 마시자 세상은 다시 오직 평화, 평화……, 평화뿐이었다.

영화가 끝날 무렵 거짓말처럼 눈이 내리기 시작했고 나는 아주 오랫동안 내리는 눈을 바라보았다.

다음 날은 아주 유쾌했다. 제대로 된 독서를 하였고 전날과는 달리 어려운 철학서도 쉽게 이해가 되었다. 소설을 읽으면 그동안 보지 못했던 장치와 서사가 보였다. 시를 읽으니 놀라운 시어들이 물고기가 되어 눈앞에서 헤엄치고 있었다. 간밤에 내린 눈 때문에 거리는 더욱 조용했다. 다행히 뉴스에선 오후부터 무척 포근해져 눈도 모두 녹아 빙판길 사고도 없을 것이라고 했다. 모두 무사히 돌아올 것이다. 간밤에 보았던 영화처럼.

하루가 만족스러웠고 나는 아홉 시 뉴스를 보면서 라면에 소주를 곁들였다. 라면 냄새가 내 온몸을 감쌌고 이내 작은 방 안에 온기로 퍼져나갔다. 뉴스를 보았지만 특별한 사건이나 큰 사고는 없었다. 역시 세상은 참으로 평화로워.

뉴스가 끝나자 성탄 특선 영화가 시작되었다. 「나 홀로 집에 2」였고, 전날 보았던 영화의 속편이었다. 나는 무척이나 흥분되었다.

1편을 재미있게 보았기 때문에 2편이 기대되었다. 2편 역시 나를 실망시키지 않았다. 스케일과 과장은 더 커졌고 부비트랩의 강도는 핵폭탄 급이었다.

영화 마지막 장면은 어린 주인공이 자신을 도와주었던 '비둘기 아줌마'에게 트리 장식품을 선물하는 것이었다. 아카펠라 풍의 캐럴송이 울려 퍼지면서 영화는 끝이 났다. 그 순간 내 두 눈에선 나도 모르게 눈물이 주르륵 흘러내렸다. 평소 어머니가 늘 하던 말이 생각났다.

—내 몸에서 나왔지만 저놈처럼 눈물 없는 놈은 처음이야. 태어나서 엉덩이를 맞을 때도 끝까지 울지 않더라니까.

어머니 말처럼 나는 그때까지 울어본 기억이 없었다. 구슬과 딱지를 모두 빼앗겼을 때도, 답을 한 칸씩 밀려 쓰는 바람에 대학에 떨어졌을 때도, 가까운 사람이 죽었을 때도 나는 눈물 한 방울 흘리지 않았다. 그런데 그 순간에 굵은 눈물이 라면 안으로 뚝뚝 떨어졌다.

방에서 제일 따뜻한 곳에 두었던 신세밀랴는 완전히 말라 죽어 있었고, 바깥에선 눈 녹는 소리가 마치 빗소리처럼 들려왔다. 그날 밤 나는 라면 국물을 바라보며 처음으로 밤새 울었다.

다음 날 친구들은 돌아왔고 선물로 라면을 한 박스나 사 왔다.

반가웠고 스키장에서 있었던 친구들의 이야기가 재미있었다. 스키를 타면 의외로 춥지 않다고 했고 나는 다행이라고 말했다. 그들은 여자친구에 대해 이야기를 늘어놓았고, 나는 마치 그 자리에 있었던 것처럼 장단을 맞추었다. 우리는 새벽이 되어서야 해장으로 라면을 끓여 나누어 먹었고 곤히 잠이 들었다.

아침 일찍 잠에서 깬 나는 죽은 신세밀랴를 화분째 들고 나갔다. 일기예보에서 말한 대로 날은 포근했고 신세밀랴를 어느 아파트 화단에 묻어주었다. 누군가 나에게 20대의 마지막을 물어본다면 나는 이렇게 말한다.

나는 자취방에서 '신세밀랴'라는 화초를 키웠고 라면에 처음으로 눈물을 흘렸다, 라고.

둘

〈존재는 현실을 구현한다〉

도무지 그 녀석은 밖으로 나오는 법이 없었다. 토끼굴 같은 방안에서 무엇을 하는지 거의 하루 종일을 쓰러져 있었다.

—밥 먹어라.

제법 생선까지 구워서 잔잔한 파도처럼 누운 녀석의 눈가로 갖다 바쳤지만, 녀석은 실눈을 뜨고는 코만 씰룩일 뿐이었다. 수면 위로 떠오른 잠망경처럼 이불 위로 납죽스름히 빠져나온 녀석의 코가 얄미웠다. 녀석이 덮고 있는 담요를 걷으면 놈은 정전기를 일으키며 바짝 타버릴 것만 같았다.

밥상을 내려놓으며 녀석을 걷어차자 놈은 이불 속에서 겨우 빠져나왔다. 이 더운 날에도 담요를 꼭 껴안고 자는 녀석의 등에는 붉은 모래 같은 땀띠가 삐주룩이 돋아 있었다.

─땀띠 봐라.

녀석은 그제야 가려운지 새카맣게 때가 낀 손톱으로 등을 긁기 시작했다. 녀석이 긁고 지나간 자리에는 활주로처럼 어김없이 길고 곧게 뻗은 붉은 자국들이 선명하게 드러났다. 조금 심하게 긁었다 싶은 곳에서는 간혹 외피 세포가 벗겨져, 작은 핏방울이 꽃망울처럼 부풀고 있었다. 녀석이 긁었던 곳을 다시 긁자 이번에는 채 응고되지 않은 핏방울이 번져, 추상화에 물감을 엎지른 듯 번져갔다.

녀석은 곱게 타 죽은 생선의 등을 젓가락 끝으로 난작거리더니 이어 생선의 희멀건 눈알을 톡톡 건드렸다.

─죽었으니까 안심하고 먹어라.

그러나 녀석은 내 말에는 관심도 없다는 듯이 다시 젓가락으로 생선의 눈알을 건드리기 시작했다. 생선은 잔이빨을 드러낸 채 아가리를 멍청하게 벌리고 있었다.

　—밥상을 앞에 두고 깨죽거리지 마라.

　보다 못한 나는 녀석의 젓가락을 다리 걸어 메치기하듯이 모로 넘겼다. 녀석의 젓가락이 밥상 아래로 힘없이 떨어졌다. 녀석이 장대비에 젖은 풀포기처럼 고개를 숙이고는 젓가락을 찾는 동안 나는 생선의 아랫배를 잔독하게 갈랐다. 좌우로 벌어진 생선의 배에선 고소한 냄새가 감실감실 피어올랐다. 나는 생선처럼 희멀건 녀석의 눈동자를 바라보면서, 마치 생선 가시가 목에 걸리기라도 했다는 듯이 캭 하고 소리를 내뱉었다.

　도대체 녀석을 보면 볼수록 알 수가 없었다. 세상을 살아가는 데 있어서 내가 그동안 믿어왔던 삶의 철학은, 모든 사물은 서로 연관되어 있으며, 우연이 아닌 필연이 세상을 지배한다는 것이었다. 그러니까 모든 사물들이 서로 분리, 독립된 채 우연의 집적으로 세상을 이루는 것이 아니라 필연성에 따른 유기적 관계가 세상을 지배한다고 믿으며 살아왔다. 나의 이런 변증법적인 사고는 자연현상뿐만 아니라 사회적인 현상에서도 마찬가지였다.

　가령 한 아이가 아버지로부터 꾸지람을 받고 뛰쳐나가다 골목길에서 교통사고로 죽었다고 하자. 어떤 사람들은 아이의 죽음을 우연한 교통사고로 볼 수도 있겠지만 나는 그것도 필연적인 사고 사라고 생각한다. 아버지의 꾸지람이 없었으면 아이는 흥분하지 않았을 것이고, 흥분하지 않았으면 주위를 제대로 살폈을 것이고, 주위를 제대로 살폈으면 달려오는 차를 충분히 피할 수도 있었을 것이다. 아니면 골목길에서 속도를 낸 차주에게서 그 원인을 찾을 수도 있을 것이다.

비약된 생각일 수도 있지만 그러나 거기에는 분명 우연을 가장한 필연의 끈이 숨어 있다. 그런 상황은 사실 비일비재하다. 유엔 통계에 따르면 한 사람의 선진국 시민이 잘 먹고 잘 사는 대신 수천 킬로미터 떨어진 남미 주민 여섯 명이 굶어야 한다고 했다. 남아메리카 해안의 해수온도 상승이 동아시아에 호우를 가져오기도 한다. 거리가 떨어져 있든, 인종이 다르든, 도무지 필연의 끈을 찾아보기 힘든 우연함 속에도 언제나 보이지 않는 필연은 숨어 있게 마련이다.

이것은 부정할 수 없는 지구의 모습이다. 한 명이 재화를 쌓는 순간 지구 어디선가, 아니면 동네 어귀 어디선가 반드시 누군가 한 명이 피를 흘려야 한다. 피를 흘리는 사람은 영문도 모르는 채, 그저 재수 없음을 탓하며, 게을러빠진 자신의 무능력함을 책망하며 잠자코 쓰러져야만 한다. 그것만이 현재 인류를 지배하는 유일한 법칙이다. 한순간에 벌어진 광기조차 그 속에는 내재된 원인과 결과가, 그것도 필연적인 원인과 결과가 숨겨져 있다고 생각하고, 믿고 살아왔다. 그러나 녀석을 보면 볼수록 나는 허망했다. 녀석과 나는 도대체 무슨 필연의 끈으로 묶여 있는지 알 수 없었다.

―밥 먹고 또 잘 거니?

그러나 녀석은 아무런 대답도 하지 않았다.

―심심하면 나를 따라 산책이나 갈 테야? 장 보러 갈 텐데.

녀석은 밥알이 가득 든 양 볼을 시들먹하게 움직이면서, 고개를 끄덕였다. 고개를 끄덕이는 녀석의 모습이 꼭 바람에 찰랑이는 강아지풀 같았다. 녀석의 꼴도 꼴이었지만 간밤에 꾸었던 꿈 때문에 밥맛이 나지 않았다. 설익은 밥을 먹는 것처럼 입안이 살강거렸다.

―쥐에게 물리는 꿈이 좋은 꿈이냐, 아니면 나쁜 꿈이냐?

녀석은 내 말을 듣지 못했는지 아니면 대답하기 귀찮은지 다시 목에 힘을 빼고 관성운동을 했다.

기억이 꺼물꺼물하지만 쥐를 쫓던 골목은 아마 내가 초등학교에 들어가기도 전에 살던 집 앞의 골목이었다. 비슷한 또래가 서넛 보였지만 낮이 익은 아이들은 드물었다. 내 손에는 장바구니가 들려 있었고 나는 심부름을 가던 길이었다. 또래들이 나를 에워싸고는 쥐를 잡아야 한다고 말했다. 어느새 장바구니는 나뭇가지로 변해 있었고 나는 또래들의 뒤를 쫓아 골목을 누볐다. 10여 층이 넘는 건물에서 뛰어내리기도 했고, 교실 같은 복도를 부지런하게 뛰어다니기도 했다. 드디어 쥐는 막다른 벽에서 멈추었고, 나는 새근발딱거리는 가슴을 진정시키며 놈을 노려보고 있었다. 순간 쥐의 톡 튀어나온 앞니가 송연히 번쩍였고, 아차 하는 순간에 쥐는 내 콧잔등을 물었다. 그 순간에 잠이 깼는데, 기분이 더러웠다. 시커먼 시궁창 쥐가 아직도 내 코를 물고 있는 것처럼 느껴져 나는 한동안 허공에 대고 허우적거렸다.

그렇게 한참을 허우적거렸는데도 녀석은 좋은 꿈을 꾸는지 소락소락 눈웃음까지 치며 잠들어 있었다. 베개로 녀석의 얼굴을 힘껏 내리치고는 다시 잠을 청했지만 잠이 잘 오지 않았다. 설핏하게 날이 밝아오고 있었고, 지하철이 지나가는 소리와 아기 우는 소리가 벅적거리며 들려왔다.

〈현실은 현상에 구애한다〉

산책 길이라는 게 참으로 한심했다. 회초리보다 더 가느다란 줄기를 뻗고 있는 고사 일보 직전의 나무 몇 그루와 물에서 갓 건진 우거지 같은 풀포기가 듬성듬성 나 있었다. 더군다나 장바구니를 들고 쫄래쫄래 따라오는 녀석의 옆으로는 쓰레기를 잔뜩 먹은 검은 비닐봉투가 서로를 짓누르며 쌓여 있었다.

—길거리 봐라. 꼭 너 같다.

내가 담배꽁초를 버리며 말했지만 녀석은 아무런 대답이 없었다. 내가 뒤를 돌아다보자 녀석은 집게손가락을 입술에 대고 조용히 하라는 눈짓을 보냈다. 그러면서 녀석은 장바구니를 바닥에 사뿐히 내려놓았다. 보폭은 크게, 그러나 소리는 전혀 안 나게 움직이더니 어느새 녀석은 긴 나뭇가지를 주웠다.

녀석이 나뭇가지로 배가 터진 검은 비닐봉투를 가리켰다. 녀석이 들고 있던 나뭇가지가 가리키는 방향의 끝에는 회색 털의 집쥐가 한 마리 있었다. 집쥐는 귀이개 같은 양손을 부지런히 움직이며 비닐봉투의 터진 배를 더욱 가르고 있었다. 그러고는 마치 썩은 내장처럼 보이는 음식물 쓰레기를 아주 열심히 발라 먹고 있었다.

녀석은 심호흡을 몇 번 하더니 긴 나뭇가지로 집쥐를 향해 내리찍었다. 창을 던져 물고기를 잡으려는 원주민처럼 아주 멋진 자세였다. 이어 퍽 하고 둔탁한 소리가 들렸다. 그러고 나서 녀석은 서로를 짓누르고 있던 검은 비닐봉투 더미로 뛰었다. 녀석은 봉투 더미를 헤치며 사냥감을 찾고 있었다. 나는 녀석의 행동이 한심해 버럭 소리를 질렀다.

―이 멍청아. 집쥐는 벌써 도망갔어.

그러나 내 말이 채 끝나기도 전에 녀석은 비명을 지르며 쓰러졌다. 녀석은 코를 움켜잡고 쓰러진 채 팽이처럼 돌았다. 녀석이 비명을 내지르기 바로 전에 회색의 작은 물체 하나가 녀석의 얼굴을 향해 뛰어오르는 것을 보았다. 그때까지는 그것이 설마 쥐였다고는 생각하지 못했었다. 그러나 쓰러진 녀석을 밟고 잡풀 사이로 도망가는 쥐를 보았을 때는 작은 전율이 내 등줄기를 휘감으며 지나갔다.

　―괜찮아?

나는 녀석의 등을 일으키며 말했다. 녀석은 자신의 코를 가리켰다. 녀석의 코에는 누군가가 장난으로 빨간 잉크를 찍어놓은 것 같은 자국이 선연히 박혀 있었다. 나는 웃음을 참을 수 없었다. 세상에 쥐가 사람의 코를 물고 달아나다니. 도저히 믿을 수 없는 일이 벌어진 까닭에 나는 한동안 배를 움켜잡고 웃었다.

〈현상은 존재를 규정한다〉

그러나 생각할수록 기이한 일이었다. 녀석이 쥐에게 코를 물렸을 때만 하더라도 나는 웃어넘길 수 있었다. 하지만 내가 꿈을 꾼

다음 날이면 항상 녀석이 내가 꾸었던 꿈을 그대로 당하는 것 때문에 웃음으로 때우기에는 뭔가 석연치 않은 구석이 있었다.

며칠 전에는 한때 짝사랑했던 여인을 꿈에서 만났었다. 그리고 다음 날이었다. 녀석은 어디서 구했는지 즉석 사진기를 가지고 왔었다.

─뭐냐?

─응, 즉석 사진기. 이렇게 눌러서 찍은 뒤 종이가 나오면 후후 불면 돼. 그러면 금세 사진이 박히지.

녀석은 내가 정말 몰라서 물은 줄 알고 너저분한 설명을 해댔다.

녀석은 방에서 한동안이나 즉석 사진기를 가지고 놀더니 밖으로 나갔다. 그리고는 비싼 필름 한 통을 모두 소진하고 돌아왔었다. 녀석은 자랑스럽게 나에게 사진을 보여주었지만 형편없는 사진들뿐이었다. 빨래를 찍은 사진이라든지, 강아지의 꼬리만 나온 사진이라든지, 지나가는 사람의 한쪽 신발만 나온 사진 등 알 수 없는 사진들뿐이었다. 그러다가 제일 마지막 사진을 보는 순간 나는 거의 까무러칠 뻔했다. 녀석이 찍은 사진에는 간밤에 꿈에서 보았던 여인이 너무도 또렷하게 찍혀 있었다.

나는 녀석에게 사진을 어디서 찍었냐고 물었다. 녀석은 버스 정류장에서 찍었다고 했다. 사진 속의 여인이 아직 있냐고 물었다. 그러자 녀석은 방바닥에 누우면서 벌써 떠났을 것이라고 했다. 나는 무척이나 아쉬웠다. 녀석이 사진을 찍는답시고 나갈 때 따라 나갔으면 그녀를 볼 수 있었을 텐데. 하지만 아쉬움보다도 더욱 나를 놀라게 한 것은 또다시 내가 꾸었던 꿈을 녀석이 현실에서 그대로 본 것 때문이었다. 만약에 꿈이 어떤 예시 작용을 담고 있는 것이라면 꿈을 꾼 당사자에게 나타나야지 왜 녀석에게 나타나는 것일까.

그리고 내 꿈은 계속되었고, 다음 날이면 여지없이 녀석이 현실에서 당했다. 하루는 하모니카를 부는 꿈을 꾸었다. 라스베이거스에 있는 마술 공연장 같은 무대였고, 나는 반짝이 옷을 입고 있었다. 스포트라이트가 나를 비추자 박수와 갈채가 터져 나왔고 나는 하모니카를 신나게 불었다. 다음 날 아침, 내가 식사를 준비하고 있는데 방 안에서는 하모니카 소리가 나는 것이었다. 처음에 나는 녀석이 닐 오스카의 음악 CD를 켠 줄 알았다. 하지만 방문을 열었을 때 그것이 아니었다. 녀석이 어디서 구했는지 하모니카를 입에 대고는 열심히 불고 있었다. 내가 놀란 눈으로 녀석을 바라보자 녀석은 겸연쩍게 웃으면서 하모니카를 지하철역 입구에서 샀다고 말했다. 중국제라는 말과 싸구려인데도 소리가 좋다는 말도 덧붙였다.

더욱 놀라운 사실은 녀석은 하모니카는커녕 계명조차 몰랐는데, 하루아침에 닐 오스카 같은 하모니카의 명인이 된 사실이었다. 녀석은 입에 대고 그냥 장난으로 분다고 했지만 녀석의 연주는 실로 아름다웠다.

나는 영문을 알 수 없었다. 그동안 나는 녀석과의 필연의 끈을 도무지 찾을 수 없었다. 그런데 내 꿈과 녀석의 현실이 이때까지 서로 연결되어 있었단 말인가. 극좌와 극우가 통했듯, 쾌락주의와 금욕주의가 상통했듯, 유물과 관념도 서로 깊게 내통하고 있었고, 보이지 않는 필연의 끈으로 묶여져 있었단 말인가. 그렇다면 그동안 도무지 찾으려야 찾을 수도 없었던 녀석과 나의 필연의 끈이 내 꿈과 녀석의 현실에 있었단 말인가. 그렇다면 녀석은, 그동안 녀석은, 내 꿈을 먹고 살아왔단 말인가. 한정된 재화를 서로 빼앗고 빼앗기듯이, 누군가의 꿈으로 누군가가 현실에서 먹고살 수도 있단 말인가.

나는 어지러웠다. 더 이상 생각하기도 싫었다. 그냥 우연이라고 생각하기엔 내 자존심이 용서하지 않았다. 세상에 우연이란 게 어디 있을까. 나는 이러지도 저러지도 못하는 딜레마에 빠져 그 어떠한 생각이나 꿈을 꾼다는 게 고역 그 자체였다.

〈모든 너는 나를 배반하고, 오직 나는 모든 너를 구현한다〉

녀석에게 어떻게 말을 해야 할지 모르겠다. 그 뒤로도 나의 꿈은 녀석의 현실에 적용되었다. 하지만 간밤에 꾸었던 꿈을 녀석에게 어떻게 설명해야 할지 알 수 없었다. 꿈을 꾸기 싫었지만 어쩔 수 없이 또 꾸게 되었다.

나는 한적한 골목길을 걷고 있었는데 먼발치서 어떤 섬광이 번쩍였다. 주위 사람에게 물으니 궤도를 잃은 인공위성이 추락한다고 빨리 피하라고 했다. 나는 지하철을 타고 도망가려 했지만 소용없었다. 인공위성이 거대한 건물에 추락했고 산산이 부서진 건물은 철교 위를 지나가던 지하철을 덮쳤다. 인공위성과 건물에서 그리고 철교와 지하철에서 떨어져 나온 시멘트 덩어리와 철근과 쇳덩어리에 박혀 끝없이 물속으로 곤두박질치고 있었다.

꿈이었지만 통증은 대단했다. 팔과 다리는 떨어져 나간 것처럼 아팠고 움직일 수도 없었다. 온몸에 박힌 파편들은 붉은 피로 물들어 있었고, 숨을 쉴 수 없는 심연으로 끝없이 떨어지고 있었다. 통증보다도 호흡을 할 수 없다는 괴로움이 더욱 컸다. 발길질로 빠져나가려 했지만 내 몸에 박힌 파편들의 무게가 너무나 엄청나서 도저히 수면으로 오를 수 없을 것 같았다. 온몸이 물에 불어 퉁퉁했다. 보기에도 흉측해 그만 나는 소스라치게 놀라 울음을 터뜨렸다.

죽음이었다.

녀석이 나를 흔들어 깨웠다. 그리고는 안색이 좋지 않다고 말했다. 무슨 일이냐고 물었지만 나는 어떻게 말해야 할지 알 수 없었다.

너의 상상이 나의 현실이고, 나의 상상이 너의 현실이며, 나의 현실이 너에겐 한낱 꿈이며, 너의 꿈이 나에겐 지울 수 없는 현실이라는 걸 어떻게 설명한단 말인가. 도대체 그 누가 그런 말을 믿어준단 말인가.

나는 땀을 닦으며 녀석에게 말했다.

―오늘…… 넌 죽을지도 몰라. 하지만 괜찮아. 나에겐 꿈일 뿐이니까. 그저…… 꿈일 뿐이야. 그래, 그저 꿈이란다. 모든 게 소설일 뿐이야.

추신 : 밥 딜런이 스무 살 되던 해, 우디 거스리를 만나기 위해 뉴욕으로 무작정 갔다. 그리고 우디 거스리를 만난 자리에서 이렇게 말했다.

"저는 성량도 약하고 기타 연주도 뛰어나지 않은데 가수로서 성공할 수 있겠습니까?"

그러자 우디 거스리가 말했다.

"네 노래를 하라."

해

설

지금 씌어지고 있는 소설과
아직 씌어지지 않은 소설의 문턱에서
: 박성원 소설집 『고백』에 대한 몇 가지 단상들

김동식(문학평론가, 인하대 국문과 교수)

1. 소설의 길 중간에서 바라보는, 삶과 소설의 문턱들

1994년에 등단을 했으니 작가 박성원의 문필 생활도 20년이 넘었다. 단편소설 아홉 편이 수록된 이번 작품집의 표제는 '고백'이다. 작품집의 표제를 고백으로 정한 것은 아마도 그동안 소설을 써오면서 느끼고 고민했던 것들을 털어놓고 싶어서였기 때문일지도 모르겠다는 생각이 든다. 어쩌면 한 곡의 음악이 고백의 내용이나 형식을 충분히 대신할 수도 있을 것이다. 작가가 워낙 음악을 좋아한다는 것은 익히 알고 있었고, 이미 여러 작품에서 음악을 중요한 상징으로 제시해놓은 바 있다. 소설집 『고백』의 여러 작품에서도 딥 퍼플, 브루스 스프링스틴, 윌리스 컬렉션 등의 음악을 언급하고 있는데, 아마도 박성원의 고백에 가장 가까운 음악은 리 오스카의 「My road」가 아닐까 하는 생각이 들었다. 자전적 경험이 반영되어 있는 단편 「어느 날 낯선 곳」에서 리 오스카의 음악을 인상적으로 언급해놓고 있다.

여자는 턴테이블로 가더니 리 오스카의 음반을 올려놓았다. 잠시 트랙을 긁는 잡음이 일더니 곧이어 금방이라도 아침 해가 떠오를 것만 같은 하모니카 소리와 함께 「My Road」가 흘러나왔다.

(……) 나의 길. 나의 길. 나의 길. 끝나지 않을 것 같은 하모니카 소리와 함께 수없이 많은 길들이 보였다.

—「어느 날 낯선 곳」, p. 198

애잔한 멜로디가 섬세하게 변주되는 하모니카 연주곡. 인생의 다양한 가능성들 가운데 내가 선택한 길. 이제는 되돌아갈 수도 옆길로 빠질 수도 없는 길. 길을 걷다 보면 내가 길 위에 있다는 사실을 모르게 될 때가 있지 않겠는가. 거듭된 추측이지만 박성원은 소설에 이르렀던 과정들을 반추하고 싶었던 것으로 보인다. 아마도 그 자신이 소설의 길 위에 있음을 확인하고자 한 것이리라.

여자는 나에게 지구에서 앞으로 뭘 할 건지 물었다. 나는 여자에게 소설을 쓸 거라고 했다. 지독한 농담처럼 아무런 생각 없이 내뱉은 말이었다.

—「어느 날 낯선 곳」, p. 202

무수히 많은 서양음악 가운데 하나인 「My road」가 그 어떤 운명의 표정처럼 다가오는 때가 있지 않았을까. 마침 그때가 꿈도 많고 걱정도 많은 한 청년이 소설을 써야겠다는 마음을 먹었을 때가 아니었을까. 수많은 길들 중에서 나의 길이 정하여지는 그 순간. 리 오스카의 음악은 18세의 박성원이 소설가의 길을 꿈꾸던 바로 그 순간과 함께한 음악이며, 소설로 가는 길에 앞에 놓인 문턱을 넘어서는 순간에 들려온 음악이다. 삶의 문턱과 「My road」와 소설을 쓸 거라는 지독한 농담이 함께하고 있는 장면은, 박성원 소설의 그 어떤 기원이 아닐까. 박성원은 소설의 길 중간에서 자신이 거쳐온 삶의 문턱을 응시하며 소설의 문턱을 더듬어보고 싶었는지도 모르겠다는 생각.

나는 창문을 닫고 의자에 앉았다. 그리고 소설을 쓰기 시작했다. 아니 소설을 쓰고 싶다는 강렬한 끌림에 달라붙어 나는 흰 종이에 글을 써 내

려갔다. 글을 쓰면서, 이것이야말로 아주 긴 여행이 될지도 몰라, 라고 중
얼거렸다. 아침의 부산스러움이 창밖에서 어른거렸고 그날 한밤중이 될
때까지 나는 쓰고, 쓰고 또 썼다. 지구는 그날도 자전하고 있었고, 그 자
전에 몸을 맡긴 채 길 위에 서 있는 내가 보였다.

—「어느 날 낯선 곳」, p. 204

2. 기찻길 또는 박성원 소설의 그 어떤 기원

단편 「어느 날 낯선 곳」을 조금 더 살펴보도록 하자. 주인공은
동급생들과 가끔 술 마시러 다니면서도 책 읽기를 즐겨 하던 고등
학생 소년이다. "정답을 알기 위해 마냥 떠도는 삶. 나는 그런 삶을
꿈꾸며 고등학교 시절을 보냈다."(p. 189) 공부를 잘하는 형이 있
었고, 형이 두고 간 소설들을 열심히 읽었는데, 그중에는 최인호의
『고래사냥』도 있었다. 소년에게는 병태가 학습지 외판원으로 나섰
을 때의 에피소드가 일종의 인식론적 충격으로 다가왔던 것으로
보인다. 그 대목에 대한 기억이 무척이나 인상적이다. 그 기억 속
에는 삶을 규정하는 보이지 않는 문턱(경계)과 그 바깥에 놓인 여
백의 가능성이 함께 자리하고 있다.

자전거, 냉장고, 자동차, 기린. 넷 중에서 다른 것을 골라보시오.

아이는 냉장고라고 말한다. 그러자 답을 본 엄마는 아이에게 아니라고 말한다. 문제지 답안에는 기린이 정답이라 되어 있기 때문이다. (……) 기린은 동물이고 다른 건 모두 사람들이 만든 물건이잖아. 그러자 아이가 울면서 말한다. 다른 건 다 달릴 수 있는데 냉장고는 달릴 수 없잖아요. 그러나 엄마는 정답과 다르다며 아이를 크게 꾸짖는다. 물건을 팔고 나온 병태는 말한다. 꼬마의 말대로 냉장고는 움직일 수 없으며 기린은 달릴 수 있다. 꼬마의 말은 그러므로 진실이다.

—「어느 날 낯선 곳」, pp. 187-188

기계와 동물로 구분하면 당연히 기린이 답이다. 하지만 달릴 수 있는 것과 달릴 수 없는 것으로 구분을 하면, 아이의 말처럼 냉장고가 답이다. 엄마는 꾸짖고 아이는 운다. 엄마는 아이를 문턱 너머의 정답 쪽으로 견인하려고 하고, 아이는 정답의 문턱 앞에서 다른 곳을 쳐다보고 있다. 정답과 오답의 경계에서 벌어지는 소음騷音과 요동搖動. 척도measure 없는 세계가 펼쳐졌고, 시내버스만 이용하여 전국을 떠돌아다니는 여행이 시작된다. 온갖 우여곡절을 겪으며 기억할 수 없을 정도로 많은 길을 다녔다. "내가 걸어왔던 길. 여행을 다니면서 수없이 걸었고, 지나쳤고, 보았던 그 길들. (……)

내 발길이 닿았던 그 모든 길들."(p. 198) 그리고 경상도인지 충청도인지도 명확하지 않은 어느 마을에 도달했다. 그곳의 카페 여주인이 들려준 음악이 「My road」였다. 카페 여주인은 사진기를 사고 싶어 했고, 소년은 소설가가 될 것이라고 말한다. 카페의 이름은 '기찻길'이었다. 참으로 상징적이지 않은가. 『고래사냥』에서 보았던 척도 없는 세계, 시내버스를 이용하며 다녔던 수많은 길들, 리 오스카의 「My road」와 카페 '기찻길'.

소년은 척도 없는 세계를 헤매며 수많은 길들을 다녔고 소설 쓰기에서 '나의 길'을 보았다. 그리고 소설을 향한 '나의 길'은 '기찻길'로 이어져 있었다. 일단 기차에 올라타게 된다면 기차가 멈추기 전까지는 선로rail를 따라 움직여나갈 수밖에 없을 것이다. 어쩌면 기찻길은 소년에게 소설이 불가역적인 길이며 벗어날 수 없는 길이라는 사실을 알려주는 일종의 초월적 상징이었을지도 모른다. 되돌릴 수 없는 운명, 또는 다시 넘어갈 수 없는 문턱. 기찻길은 그 자체로 세계의 분할선이며 세계에 쓰여진 거대한 글쓰기이다. 또한 세계와의 연결을 의미하는 동시에, 서로 연결되어 있는 세계를 표상한다. 그뿐인가. 멀리서 바라보면 기찻길은 하나의 선으로 보인다. 하지만 기찻길 위에 서게 되면 서로 마주 보며 완강하게 대칭성을 유지하고 있는 두 개의 선로가 보인다. 기찻길은 하나인 동시에 둘이다. 따라서 기찻길은 세계라는 평면을 이분할하는 동시에 삼분할한다. 『고래사냥』에서 아이가 풀었던 문제의 답이 기린이거나, 냉장고이거나, 기린과 냉장고 둘 다이거나 할 수 있는 것처럼.

일반적으로 박성원의 소설은 근대적 주체와 이항대립적 사고를 반성적으로 넘어서는 포스트모던한 작품이라는 평가를 받아왔다. 그와 같은 일반적인 평가를 승인하든지 재고하든지 간에, 기찻길은 박성원 소설의 근원적인 방법론 또는 글쓰기의 자기 이미지에 해당한다. 박성원의 포스트모던한 작품들의 기원에는 기찻길로 대변되는 근대적인 표상이 가로놓여 있다고 해도 크게 틀리지는 않을 터. 따라서 표제작 「고백」에서 기찻길의 상징성이 불쑥 출현하는 것은 그다지 놀랍지 않다.

아무리 많은 수의 환자를 돌보아도 결코 환자가 될 수 없다는 서양 속담이 있어. 내가 그 말을 좋아하는 이유는 기찻길처럼 영원히 마주 본다는 데에 있어. 마주 봐야만 하지만 결코 벗어나거나 헤어질 수는 없어. 나는 그 같은 아이러니의 운명을 좋아해. '젖 나오는 남자'나 박성원이나 나나 우리 셋은 평행선을 달리는 기찻길이야. 그러나 결코 떨어질 수도 없지.

—「고백」, p. 33

3. 방법으로서의 기찻길과 소설의 아포리아aporia

소설집 『고백』에 수록된 여러 작품들의 구성은 기찻길을 닮았다. 보다 정확하게 말하자면 박성원의 여러 작품들 속에는 기찻길이 가로놓여 있다. 기찻길의 두 선로는, 「닭똥과 요산」에서는 도망 다니는 두 남녀로, 「심해어」에서는 깨끗한 피를 가진 정상인과 더러운 피를 가진 괴물로, 「여름이 가기 전에 해야 할 일 세 가지」에서는 미술과 기계로 나타난다. 어디 그뿐인가. 「몸」에서는 삶과 죽음을, 「보너스 이야기」의 두 번째 에피소드에서는 꿈과 현실을, 「고백」과 「더러운 네 인생」에서는 진실과 거짓을 선로로 삼아서 소설 속에 기찻길을 들여놓고 있다. 기찻길이 하나의 선이면서 두 개의 선이라는 역설적인 존재 방식을 갖듯이, 박성원의 소설들에서도 독특한 아이러니들이 마치 유령처럼 반복적으로 출몰한다. 두 개의 선로 또는 복수複數의 경계선, 그 사이에서 출몰하는 비선형의 아이러니. 둥근 지구 위에서 박성원의 기찻길은, 때로는 만나고 때로는 교차되고 때로는 뒤틀리며 때로는 시작과 끝이 맞닿기도 하는 비非유클리드 기학학적인 움직임을 보이게 될 것이다.

단편 「닭똥과 요산」은 가짜 수의사 행세를 하다가 도망 다니는 남자와 소독약 세례를 퍼붓는 엄마로부터 도망쳐 나온 여자가 기차역에서 만나게 되는 이야기이다. 스스로를 수의사로 여기는 남자는 사기꾼에 가깝고, 스스로를 발레리나라고 믿는 여자는 허언증 증상을 내보인다. 남자는 닭똥으로부터 요산을 추출하여 향정신성 의약품을 만들 생각인데, 그 과정에 여자를 이용할 수 있어서 만족스럽다. 또한 여자는 엄마의 억압에서 벗어나 발레를 할 수 있다는 사실에 만족하며 남자와 함께한다. 두 사람을 묶어주는 것은 병든 세상을 치유할 치료제를 만든다는 공동의 과대망상밖에 없다. 두 사람은 어떻게 되었을까. 소설은 그 성패 여부를 알려주지 않는다. 다만 사기꾼 남자와 허언증의 여자가 기찻길의 두 선로처럼 배치되어 있는 장면을 보여줄 따름이다.

남자는 술잔을 내려놓고 침낭 위에 편하게 누워 여자가 춤추는 모습을 지켜봤다. 여자는 충분히 아름다워 보였다.

—「닭똥과 요산」, p. 231

단편 「심해어」에는 기찻길의 두 선로를 닮은 남매가 등장한다. 한 어머니에게서 태어났지만 완전히 다른 삶을 살아가는 남매. 여자는 죽은 어머니로부터 햇볕을 쬐면 피부가 벗겨지는 유전병을 물려받았다. 그래서 밤에만 활동을 한다. 하지만 남동생은 병을 물려받지 않아서 정상적인 삶을 살아간다. 남동생은 여자를 "햇빛을 무서워하는 괴물"(p. 106)로 여겼고, 자신의 정상적인 삶과 피의 순수성을 위해 여자를 불에 태워 죽이고자 한다. 하지만 몸싸움 과정에서 남동생은 여자가 휘두른 십자가에 머리가 찍혀 죽는다. 그리고 여자는 마치 뱀파이어처럼 남동생의 머리에서 솟아나는 피를 먹는다.

한편으론 밖으로 나가고 싶다는 생각도 한다. 창문을 타고 넘은 햇빛은 이제 내 발아래까지 넘실거린다. 햇빛을 받은 십자가가 환한 빛으로 둥실 떠오른다. (……) 뜨거운 햇빛에 내 살갗은 홀홀 타들어갈까, 아니면 보송보송해질까. 환한 아침 해가 무거운 밤을 서서히 밀어내고 있다.

—「심해어」, pp. 123–124

'남동생—깨끗한 피—정상—인간'이 한쪽 선로라면, '여자—더러운 피—비정상—괴물'이 다른 쪽 선로이다. 여자는 두 선로가 교차되면서 형성된 문턱 위에 있다. 십자가는 교차된 선로를 표상하고 있다. 여자는 살이 타들어가면서 죽을 수도 있고 보송보송한 피부를 가지고 새로운 삶을 살 수도 있을 것이다. 십자가는 주검의 표지일 수도 있고 구원의 표지일 수도 있다. 어떻게 되었을까. 소설은 다만 다가오는 햇빛과 십자가를 보여줄 따름이다.

미술(예술)과 기계(기술)는 단편 「여름이 가기 전에 해야 할 일 세 가지」에 등장하는 두 선로에 해당한다. 주인공 남자는 화가이다. 한 차례 전시회를 가졌지만 일반 관객은 한 사람도 찾질 않았다. 그래서 그는 다음 전시회의 테마로 다빈치, 고흐, 달리 등이 그린 명화의 부분들을 끌어모으는 콜라주를 구상하고 있다. 예술의 정수를 모독하고 훼손함으로써 자신의 예술적 명성을 높이고자 했던 것이다. 그의 현실은 그의 기대와는 달랐다. 동거하던 여자는 도망을 가버렸고, 그는 공장에서 일을 해야 하는 처지였다. 기계로 가득한 공장에 미술이 있을 리 없다고 생각했다. 하지만 공장의 기계들 앞에서 그가 만난 것은 그가 사용하고자 했던 미술의 기법들이었다.

남자 앞에 주어진 재료통들을 보는 순간 남자는 안료와 물감과 착색제를 떠올렸다. 절삭기는 프로타주와 같군. 문지르고, 문지르고 또 문지르고.

남자와 과장은 공장을 돌며 주변의 기계들을 둘러보았다. 재료를 혼합하는 혼합기는 원하는 무늬가 나올 때까지 흔들어 뿌리는 오실레이션 기법과 같았다. 똑같이 찍어내는 자동조립기는 데칼코마니와 다를 게 없었다. 재단기는 그라타주였고 착색도료기는 마블링이었다. 아, 기계들이 만드는 몽타주여, 위대한 기계들의 콜라주여. 미술은 여기에 있었구나. 그래서 사람들이 굳이 전시실까지 찾을 필요가 없는 거구나.

　　　　　　　　—「여름이 가기 전에 해야 할 일 세 가지」, pp. 146-147

　한쪽의 선로는 미술(예술)이었고 다른 한쪽의 선로가 기계(기술)이다. 두 선로 사이에, 달리 말하면 미술과 기계 사이에 남자가 있었던 것이다. 미술과 기술 사이에 마련된 대칭성에 갇혀 있었던 것이다. 다만 남자의 눈에 그 대칭성이 비가시적인 영역에 있었을 따름이다. 그즈음에 남자가 한 일이라고는 여름이 가기 전에 해야 할 일 세 가지를 기억하지 못하게 된 것이다.

　단편 「침수」는 노년으로 접어든 어느 부부의 여행 이야기이다. 부부는 유학까지 다녀온 아들의 기타 연주회에 맞춰서 길을 나섰다. 그 과정에서 사고에 연루되는 일이 벌어진다. 부부의 차 앞으로 거대한 트럭이 달리고 있었는데, 그 사이로 갑자기 오토바이가 가로질러 들어왔다. 남편은 브레이크를 밟았고, 오토바이는 트럭과 부딪혔고, 오토바이 운전자는 부부의 차 보닛 위로 떨어졌다.

　선글라스를 벗으며 경찰관이 말했다. (……) 남편은 도주 가능성이 적어 불구속 기소되었다. 합의가 끝나고 과실치사가 인정되면 집행유예가 될 것이라고 했다. 그러나 끝까지 트럭에 부딪친 것이라고 소송을 걸면 재판에 회부되어 금고형이 내려질 수 있음을 보험회사와 변호사는 덧붙였다. (……)

— 어떻게 이런 일이 있을 수 있단 말이오. 내가 저지르지도 않은 죄를 인정하면 집행유예로 풀려나고, 진실을 말하면 금고형을 산다니.

—「침수」, pp. 168-169

부부는 그저 멈춰 섰을 뿐이다. 따라서 그들은 죄가 없다. 그것이 진실이다. 하지만 진실을 말하면 범죄가 구성되어 처벌을 받고, 거짓을 말하면 범죄가 아닌 과실이 된다. 진실/거짓, 정지/충돌, 무죄/범죄가 마치 뫼비우스의 띠처럼 연결된다. 현실에 잠재되어 있던 가능성들이 모순적인 방식으로 현실화되는 지점들. 남편은 결국 진실/거짓, 정지/충돌, 무죄/범죄가 뒤엉킨 문턱을 넘지 못하고 삶과 죽음의 경계를 넘었다. 죽으며 그가 남긴 것은 혼자 관리하던 통장번호였다.

기찻길의 두 선로라는 소설 쓰기의 방법론은, 단편「보너스 이야기」의 두 번째 에피소드에서도 나타난다. 한쪽 선로는 나의 꿈이고 다른 쪽 선로는 친구의 현실이다. 나는 모든 사물들이 필연적인 관계로 엮여져 있으며, 우연이란 우연을 가장한 필연이라고 생각하는 사람이다. 어느 날 쥐에게 코를 물리는 꿈을 꾸었다. 그러자 친구가 정말로 쥐에게 코를 물리는 일이 벌어졌다. 우연이라고 할 수밖에 없을 터이다. 다른 날에는 예전에 짝사랑하던 여자가 꿈에 나타났다. 그런데 친구가 찍은 사진들 사이에서 정류장에 앉은 그녀의 모습이 포착되었다. 기막힌 우연이라고 할 수밖에 없을 것이다. "내 꿈은 계속되었고, 다음 날이면 여지없이 녀석이 현실에서 당했다."(p. 256) 또 다른 어느 날 나는 인공위성이 추락하면서 생긴 사고로 인해 온몸에 파편이 박힌 채로 물속 깊이 빠져들며 죽는 꿈을 꾼다.

　너의 상상이 나의 현실이고, 나의 상상이 너의 현실이며, 나의 현실이 너에겐 한낱 꿈이며, 너의 꿈이 나에겐 지울 수 없는 현실이라는 걸 어떻게 설명한단 말인가. 도대체 그 누가 그런 말을 믿어준단 말인가.

　나는 땀을 닦으며 녀석에게 말했다.

　—오늘…… 넌 죽을지도 몰라. 하지만 괜찮아. 나에겐 꿈일 뿐이니까. 그저…… 꿈일 뿐이야. 그래, 그저 꿈이란다. 모든 게 소설일 뿐이야.

—「보너스 이야기」, p. 259

　만약 친구가 죽는다면 우연이 필연으로 바뀌게 될 것이고, 친구가 죽지 않는다면 오히려 우연이 친구를 살린 셈이 된다. 우연과 필연이 갈리는 그 어떤 임계臨界지점에 나와 친구는 지금 서 있는 상황이다. 소설은 더 이상 진행되지 않거나 진행되지 못한다. 우연과 필연의 갈라지는 임계지점이 곧 소설의 임계지점이기도 했던 것은 아닐까. "모든 게 소설일 뿐이야"라는 진술은 박성원의 소설이 더듬고 있는 '소설'의 임계지점을 은유화하고 있다. "모든 게 소설일 뿐이야"라는 진술 너머에 남아 있는 소설의 아포리아.

4. 임계현상으로서의 소설 : 씌어졌지만 여전히 씌어지지 않은 소설

사람들의 주변에 보이지 않는 가능성으로 존재하다가 어느 순간에 달려들 듯이 나타나는 것들. 유령처럼 비가시적인 가능성으로 머물러 있다가 특정한 지점 또는 순간에 가시적인 현실로서 나타나는 것들. 물리학에서 이야기되는 임계현상에 비유해도 좋고 특이점tipping point을 연상해도 무방할 것이다. 소설과 현실 사이에서도 그 비슷한 일이 일어나지 않겠는가. 라면에 소주를 먹던 자취생이 소설가가 되는 순간이 있었을 것이고, 잘 풀리지 않던 소설의 첫 문장이 술집의 더러운 화장실 앞에서 불현듯 얻어지는 순간이 있었을 것이다. 우리의 삶과 현실 속에 가능성으로만 존재하다가 소설의 문장으로 솟아오르는 순간들 또는 지점들, 박성원의 소설들은 바로 그러한 순간과 지점들을 지속적으로 응시하고 있다.

「보너스 이야기」의 첫 번째 에피소드는 작가의 자전적인 경험이 반영된 작품으로서 20대의 마지막 시절에 관한 기억을 담아내고 있다. 친구들이나 지인들과 함께 라면에 소주를 먹고 같이 잠드는 자취 생활이 대부분이다. 주인공 '나'는 자취방에서 '신세밀랴'라는 화초를 애지중지 키운다. 친구들은 한 벌뿐인 겨울 외투를 말도 없이 입고 나가고, 자기네들끼리만 스키장에 놀러가는 아주 시크한 우정을 선보인다. 내가 할 수 있는 일이라곤 난생처음으로 통곡을 하며 라면을 먹는 일 정도이다. 그래도 친구들이 스키장에 다녀오면서 라면 한 박스를 사 오자 다시 그들과 라면에 소주를 먹고 함께 잔다. 그의 20대는 너절한 자취방에서 그렇게 막을 내렸다. 20대와 30대의 문턱에서 그는 말한다.

아침 일찍 잠에서 깬 나는 죽은 신세밀랴를 화분째 들고 나갔다. 일기예보에서 말한 대로 날은 포근했고 신세밀랴를 어느 아파트 화단에 묻어주었다. 누군가 나에게 20대의 마지막을 물어본다면 나는 이렇게 말한다.

나는 자취방에서 '신세밀랴'라는 화초를 키웠고 라면에 처음으로 눈물을 흘렸다, 라고.

—「보너스 이야기」, p. 247

죽은 동물은 땅에 묻지만 죽은 화초를 땅에 묻는 일은 흔치 않다. 또한 라면을 먹으며 우는 일이 그다지 대단할 것도 없다. 하지만 신세밀랴가 여성의 성을 상징하는 화초라는 사실과, 나는 태어나서도 엉덩이를 때리기 전에는 울지 않았다는 사실을 참조하면 사정이 조금 달라진다. 나는 자궁을 땅에 묻고 울음과 함께 소설가로 새로 태어나는 제의祭儀적 경험을 하고 있는 것이다. 따라서 "나는 자취방에서 '신세밀랴'라는 화초를 키웠고 라면에 처음으로 눈물을 흘렸다"는 문장의 의미는 각별하다. 20대와 30대의 문턱에서, 그리고 자취생과 소설가의 문턱에서, 삶의 한 자락이 문장으로 상전이相轉移된 것이기 때문이다. 삶의 문턱에서 얻은 한 줄의 문장. 소설이 씌어질 것이다.

「고백」과 「더러운 내 인생」은 인물이나 내용에 있어서 서로 연결되어 있는 소설 또는 대칭적인 구조를 갖추고 있는 소설이다. 두 편의 단편소설로 이루어진, 작은 연작소설이라고 보아도 크게 틀리지 않을 것이다. 이제 막 등단한 소설가 '나', '나'와 함께 여행을 다니는 '젖 나오는 남자', 문학 지망생이자 박성원 소설의 독자인 여성 J, 그리고 소설가 박성원이 등장한다. 소설의 안과 밖, 그리고 참말과 거짓말의 경계를 넘나드는 작품들이다.

「고백」에서 나는 고등학교 때의 고해성사 경험을 들려준다. 내가 한 고해성사의 내용은 이렇다. 어머니와 나를 학대하던 아버지가 있었다는 것, 초등학교 6학년 어느날 아버지가 술에 취해 자살을 했다는 것, 어머니는 아버지의 시신 곁에 나를 놓아두고 밖에서 문을 잠갔다는 것, 그 후 혼잣말이 많아진 어머니는 지금은 정신병원에 있다는 것. 신부님이 흐느껴 울 정도의 가슴 아픈 이야기였다. 하지만 나의 아버지는 죽은 적이 없고 아직까지 버젓이 살아 있다. 진실을 말해야 하는 고해성사에서 거짓말을 했다는 사실을 이제 와서 고백하고 있다는 것. 하지만 그 고백은 여전히 진실과 거짓의 문턱 위에서 유령처럼 떠돌고 있다. "친구는 나에게 소설 쓰기를 권했어. 친구는 '소설은 고백'이라고 말했지."(p. 27) 고백이란 진실과 거짓말의 문턱 위에 마련된 소설의 징후일 것이다. 내가 진실과 거짓의 문턱을 배회하며 현실에서 건져 올린 소설의 문장이 다름 아닌 "우리는 화장실에서 만났어. 정말 지저분한 곳이었지"이다. 화장실에서 낯선 여자와 마주쳤던 실제 상황을 고백하고 있는 문장이다. 현실 속에 잠재되어 있던 가능성들 중에서, 현실과 소설 사이의 문턱을 넘어서 소설의 문장으로 자리 잡은 현실.

우리는 화장실에서 만났어. 정말이지 더럽고 지저분한 곳이었지. 남자 화장실과 여자 화장실이 분리되어 있지만 출입구는 하나였어. 내가 소변을 본 다음 손을 씻고 있는데 한 여자가 비틀거리며 여자 화장실에서 나오더군. 나는 기분 좋게 취해 있었어. 문밖에선 윌리스 컬렉션의 「Daydream」이 흘러나오고 있었고 말이야.

—「고백」, p. 9

「더러운 내 인생」에서는 J가 등장하는 소설의 내용과 그 소설을 읽는 나의 현실이 교차 편집된다. 진실과 거짓의 문턱은 여전히 주요한 모티프이다. "그녀는 진심을 말하는 것에 주저하지 않았고 난 거짓말을 하는 것에 망설이지 않았다."(p. 55) 그보다 흥미로운 것은 아버지와 관련된 이야기이다. 나의 아버지는 지금 정신병원에 들어가 있는데 가끔 손녀라는 말을 한다. 게다가 어린 소녀의 모습이 찍혀 있는 사진을 아버지가 보관하고 있었음을 알게 된다. 아버지는 평생을 거짓말을 하며 살아온 사람이다. "아버지는 다른 사람이 겪었던 일을 마치 자신이 겪은 것처럼 말했다."(p. 56) 하지만 아버지에게는 내연녀가 있었고 그들 사이에 딸이 있었는데 어렸을 때 사고로 죽었다는 이야기가, 거짓말이 아니라 진실로 밝혀진다. "아버지의 말이 거짓말인 줄 알았는데 사실이었다."(p. 64) 평생 거짓말만 해오던 아버지의 진실을 목도하게 되자 내가 할 수 있는 것은 소설을 쓰는 일이었다. 진실과 거짓의 문턱에 서야 했던 것이리라.

이해할 수 없는 것들은 늘 두렵다. 두렵기에 의존한다. 그러나 이젠 더 이상 의지할 그 무엇도 없다. 진짜를 만나는 순간. 오직 더러움뿐이다. 나는 집에 돌아와 소설을 쓰기 시작했다.

우리는 화장실에서 만났어. 정말이지 더럽고 지저분한 곳이었지.

나는 거기까지 쓴 다음 멈추었다.

—「더러운 내 인생」, p. 66

박성원의 많은 소설들은 '소설' 이전에 멈추거나 또는 '소설'의 주변을 맴돈다. '소설'의 문턱 앞에서 멈추는 소설. '소설'의 육체를 갖추기보다는 '소설'의 주변을 맴도는 유령의 형상이다. 마치 라캉 J. Lacan의 실재the Real처럼, 그리고 단편 「몸」에서 제시된 것처럼, 박성원 소설의 자기 이미지는 커다란 공동空洞의 형상이거나 죽었지만 다시 돌아온 아내의 형상과 흡사하다.

유령이 되어 돌아온 아내 때문에 그는 잠을 잘 수가 없었다. (……) 잠은 오지 않고 대신 아내의 몸이 두 눈 위에서 걸어 다녔다. 아내의 몸 안으로 들어가서 꽉 채우고 싶은 욕망이 가득했다. 그 어떠한 틈새도 나지 않게끔.

그러니까 어쩌면 태양이 되지 못한 도넛과 같은 것인지도 모른다. 한가운데 구멍이 휑하니 뚫린 태양이란 있을 수 없다. 꽉 찬 밀도와 들끓는 밀도. 그러나 그의 삶은 도넛과도 같았다. 음식을 채워 넣고 술과 담배 연기를 욱여넣어도 텅 비어 있는 도넛의 구멍. 그리고 그 구멍에선 늘 환청이 떠다녔다. 내 탓이 아니야.

—「몸」, pp. 82-83

소설이란 이러저러한 것이라고 단정적으로 생각하는 또는 생각하고 싶어 하는 사람들이 많다. 하지만 박성원에게 소설은 단정 지을 수 없는 그 무엇, 보다 정확하게 말하면 숭고한 그 어떤 것이다. 우리의 감각으로는 한 번에 그 전모를 포착할 수 없을 정도로 거대한 사물이나 경관과 마주했을 때의 감정적 불쾌와 관련된, 칸트 I. Kant적 숭고와 비슷하면서도 조금은 다른 의미에서의 숭고를 생각해볼 수 있을 것이다. 박성원의 경우에는 아무리 채워도 텅 비어있는 구멍이나 공동을 마주한 숭고, 발 없이 떠도는 유령의 텅 빈 몸과 마주한 숭고라 할 수 있을 터. 죽었지만 다시 돌아온 아내처럼, 박성원에게 소설은 씌어졌지만 여전히 씌어지지 않은 상태에 있다. 그의 소설에서 아포리아가 반복적으로 출현하는 것은, 지금 씌어지고 있는 소설과 함께 여전히 또는 아직도 씌어지지 않은 소설이 텍스트 안과 바깥에 동시에 존재하기 때문이다. 이렇게 말할 수도 있을 것이다. 박성원에게 소설은 지금 씌어지고 있는 소설과 아직 씌어지지 않은 소설의 사이의 문턱에 자리하고 있다고.

고백

지은이 박성원
펴낸이 양숙진

초판 1쇄 펴낸날 2015년 6월 23일

펴낸곳 (주)현대문학
등록번호 제1-452호
주소 137-905 서울시 서초구 신반포로 321(잠원동)
전화 02-2017-0280
팩스 02-516-5433
홈페이지 www.hdmh.co.kr

ISBN 978-89-7275-743-6 03810

• 책값은 뒤표지에 있습니다.
• 파본은 구입처에서 교환해 드립니다.